# CYMOEDD

## LOIS ROBERTS

# CYMOEDD

## LOIS ROBERTS

bwthyn
GWASG Y BWTHYN

ISBN: 978-1-917006-32-3

Cyhoeddwyd gyda chymorth ariannol Cyngor Llyfrau Cymru

Darlun y clawr a'r darluniau mewnol: Becky Davies
Teiposod a dyluniad clawr: Dafydd Owain, Cyngor Llyfrau Cymru

Cyhoeddwyd gan:
Gwasg y Bwthyn, 36 Y Maes, Caernarfon, Gwynedd LL55 2NN
post@gwasgybwthyn.co.uk
www.gwasgybwthyn.cymru

*I Esther a holl ferched y Cymoedd*

# CYNNWYS

# MYNWENT EDWARDSVILLE

Gyrrodd i mewn drwy'r gatiau'n araf fel y gwnâi bob tro. Weithiau roedd hi'n brysur yno gyda theuluoedd yn galw ar y ffordd i rywle neu'i gilydd. Weithiau byddai yno ambell bâr o hen wragedd gweddw a oedd wedi dal y bws o Droed-y-rhiw neu Aberfan. Weithiau roedd yn hafan annisgwyl i griw o fechgyn ifanc Treharris, heb unrhyw le gwell i fêpio. Ond yn amlach na pheidio, hi – ac un hen foi a ddeuai'n ddyddiol i gadw cwmni i'w frawd – oedd yr unig eneidiau byw ar gyfyl y lle.

Yma y byddai'n treulio ei phrynhawniau Sadwrn. Nid bob wythnos wrth gwrs. Weithiau, câi wahoddiad i *baby shower* cydweithwraig neu i fynd ar daith i ryw blasty gyda'r grŵp mosaig. Ond fel rheol, ar ôl bore Sadwrn go ddiog o frecwast syml a photsian yn yr ardd, byddai'n gyrru i'r fynwent yn ei char bach, gyda'i bag tendio beddi.

Cafodd gyfarwyddiadau manwl yn esbonio lleoliad y beddi mewn mynwentydd ar hyd ac ar led y Cymoedd.

Yr un hon yn Edwardsville oedd cartref y mwyafrif, ond safai rhai cerrig mewn mynwentydd mwy anghysbell yn ochrau Blaenllechau a Bedlinog. Rywdro, roedd wedi ysgrifennu'r cyfan yn gymen mewn llyfr, a chreu mapiau bychain i'w helpu pan oedd y fynwent yn un fawr. Bellach, doedd dim angen y llyfr arni. Roedd hi'n adnabod y mynwentydd hyn cystal â'i gardd gefn ei hun.

Gwyddai am y ffosydd cudd a'r beddi a oedd wedi suddo; am y mynwentydd lle nad oedd tap neu le nad oedd y biniau byth yn cael eu gwagio. Gwyddai am y beddi a fyddai'n llawn dagrau blodau o hyd, a thedi bêrs; lle'r oedd y beddi Cymraeg, a'r ambell un prin ag englyn arno. Gwyddai lle'r oedd cyplau'n gorwedd a fu farw cyn pen blwyddyn i'w gilydd a lle'r oedd beddi'r babanod. Gwyddai lle'r oedd y rhesi o goliers a laddwyd mewn tanchwaoedd a ysgydwodd eu cwm. Gwyddai am y bedd di-nod a'r bedd llawn gorchest marmor, ill dau wedi tyfu'n angof ers talwm.

Dros fordydd cinio Sul ei phlentyndod, tra oedd ei brawd wedi cael gadael i chwarae pêl-droed, roedd ei mam-gu a'i modrybedd wedi ei siarsio i gadw beddi'r teulu'n daclus. Yno, flynyddoedd ynghynt, ymhlith y staeniau grefi a'r briwsion teisen, addawodd yn ufudd.

Doedd hi ddim yn cofio'r bobl yn ei beddi hi. Roedd yr enwau ar ambell garreg yn atgof o wallt gwyn ac arogl *Polo Mints*; yn ffotograff sepia o filwr mewn ffrâm; yn bishyn hanner can ceiniog wedi'i stwffio i gledr llaw. Doedd eraill yn ddim ond llythrennau cain a bylodd ers tro yn yr haul. Ond, byddai'n ymweld doed a ddelo; ei haddewid yn staen yng ngwaelod cwpan de'r gorffennol.

Er bod heddiw yn teimlo'n wahanol, roedd y ddefod

ofalu fel ag y bu erioed. Casglodd yr hen flodau a'u taflu i'r domen wrth ymyl y gât. Defnyddiodd frwsh weiars i sgubo'r gweoedd corynnod a'r deiliach i ffwrdd, cyn llenwi'r potyn gyda dŵr o'r tap ar y wal. Estynnodd glwtyn a'i drochi yn y dŵr cyn golchi'r gwenithfaen a chymryd gofal arbennig dros y llythrennau, ond heb sgwrio'n rhy galed rhag pylu'r aur. Gydag ewin ei bawd crafodd y dafnau stwbwrn o fwsogl.

Wrth lafurio'n dawel, allai hi ddim atal ei meddwl rhag crwydro allan o'r fynwent ac i fyny'r ffordd gyflym i'r ysbyty ym Merthyr. Meddyliodd am ei hapwyntiad y diwrnod cynt. Gyrru ei hun i'r ysbyty a wnaeth hi. O feddwl yn ôl, dylai fod wedi gofyn i gymydog fynd gyda hi, neu ei brawd. Ond y gwir amdani oedd, doedd hi ddim wedi disgwyl y newyddion a gafodd. Roedd y meddyg a'r nyrs yn ffeind iawn ac wedi esbonio'r cyfan iddi'n drwyadl cyn stwffio bwndel o bamffledi i'w llaw. Nododd bopeth yn dwt yn ei llyfr bach.

Daeth at ei choed, gan sniffian yn uchel i atal y deigryn parod. Gosododd flodau ffres yn y potyn yn ofalus, cyn codi gan obeithio y byddai hen wragedd y briwsion yn fodlon. Dychwelodd i'r car, gosod y bag yn ôl yn y bŵt a throi ei meddwl at y fynwent nesaf ar y rhestr yn ei phen.

Gyrrodd allan drwy'r gât yn araf ac ymuno â'r lôn a'r ceir a oedd yn rhy brysur i slofi. Yn y drych, sylwodd ar y llyfr bach yn gorffwys ar y silff barseli cyn troi ei golwg yn ôl ar y lôn a'r siwrne o'i blaen. A gwnaeth addewid arall – iddi hi ei hun y tro hwn – mai gofyn am gael ei llosgi y byddai hi.

# LIDO PONTYPRIDD

Dangosodd y cod ar ei ffôn wrth y fynedfa a chamu drwy'r gât tro i ymyl y pwll. Dewisodd un o'r cytiau newid wrth ymyl y pen dwfn. Roedd gan y cytiau hen ddrysau pren a ddangosai eich coesau a'ch pen ac ysgwyddau, a bu ond y dim iddi fflachio ei bron chwith i'r achubwr bywyd ifanc wrth ddadwisgo. Sylwodd ar wylan dew yn sbecian arni'n fusneslyd o ymyl y ffynnon ym mhwll y babanod. Newidiodd i'w bicini newydd. Roedd yn un drud ond roedd yr hysbyseb TikTok yn addo y byddai'n cuddio'r bloneg ac yn codi'r bronnau. Bicini pinc cwrel a gwyrdd tywyll ydoedd; lliwiau *soft autumn* a'i gweddai'n berffaith yn ôl ap ar ei ffôn. Roedd ei thywel lliw mwstard yn newydd hefyd; doedd dim staeniau lliw gwallt potel arno. Roedd hi hefyd wedi gwario gweddill ei chyflog ar liw haul ffug a cholur na fyddai'n rhedeg yn y dŵr; dysgodd ei gwers ar ôl y drychineb fasgaraidd y tro diwethaf. Roedd hi'n teimlo'n anhygoel. Wrth gamu o'r cwt newid edrychodd o amgylch y pwll i weld a oedd e wedi cyrraedd. Rhoes ochenaid dawel, cyn baglu dros nwdl sbwng a disgyn fel boncyff i mewn i'r

5

pwll. Gwawchiodd gyr o fechgyn o'r ochr. Nid y disgyniad gosgeiddig i'r dŵr yr oedd hi wedi'i fwriadu. Diolch byth nad oedd e yno i'w weld.

\* \* \*

Dangosodd y cod ar ei ffôn yn frysiog wrth y fynedfa a gwasgu drwy'r gât tro i ymyl y pwll. Bachodd y cwt cyntaf a newid i'w ddillad nofio. Taflodd ei fodrwy i'w esgid. Wrth gamu o'r cwt newid edrychodd o amgylch y pwll i weld a oedd hi wedi cyrraedd. Gwenodd a phlymio'n hy i'r dŵr.

\* \* \*

"Wel helô, ti," ebychodd e wrth godi ei ben o'r dŵr gwyrddlas.
"Haia," atebodd hi'n ddi-hid, gan archwilio'i hewinedd.
"Sori bo fi'n hwyr. Ges i'n ddala lan yn y gwaith."
"O paid â becso, sa i 'di bod 'ma'n hir."
Cododd stêm y pwll dros gelwyddau'r ddau.
Bu'r ddau'n sgimio wyneb y dŵr am dipyn gyda phynciau llwydaidd fel y traffig a phrysurdeb yr e-bost. Sylwodd e ar ei chryndod yn rhychau'r dŵr a gafael yn ei llaw i'w llonyddu, cyn sibrwd,
"Mae'n rili neis gweld ti, ti'n gwbod."
Doedd dim celwydd yn ei gwên y tro hwn. Brwsiodd e'r cudynnau lliw cnau castan o'i hwyneb yn dyner.
"A tithe."
Wedi hynny, llifai'r sgwrs yn rhwydd a chlywyd hapusrwydd y ddau yn atseinio o amgylch cytiau pren y Lido. I'r nofwyr eraill, roedd y ddau fel unrhyw gwpwl arall

yn mwynhau awr o hamdden yn yr awyr iach. Sylwon nhw ddim ar lygaid caled yr wylan yn sbecian arnynt o'r to.

"Ti'n mynd i aros tan ddiwedd y sesiwn?" holodd wrth ymestyn ei breichiau mewn ymgais ar strôc broga hamddenol.

"Dibynnu rili ar safon y cwmni," gwamalodd yntau, gan daro'r dŵr i roi sblash i'w chyfeiriad hi, a'i lygaid siocled yn gwenu.

"Oi!" ffugiodd hithau wrth daflu ton fechan ato'n bryfoclyd.

Nofiodd y ddau gyda'i gilydd ar hyd y pwll, gan osgoi'r nofwyr eraill cyn oedi yn y pen bas. Am eiliad, cyffyrddodd eu traed o dan y dŵr a saethodd mellten rhwng ei choesau. Pwysodd hi ar yr ochr er mwyn iddo gael gweld ei bronnau'n llenwi'r bicini newydd. Gweithiodd y tric.

"Nagyw e'n od bo' ni erio'd wedi gweld ein gilydd mewn dillad?" meddai yntau, heb dynnu ei lygaid oddi ar ei bronnau.

"Odi, mae e'n od. 'Set ti siŵr o fod yn cerdded heibio i fi 'set ti'n gweld fi'n cerdded lawr Taff Street. Hyd yn oed ar ôl yr holl amser 'ma."

"Fydden i ddim os byddet ti'n gwishgo'r bicini 'na!"

Gwridodd hi'n hapus gan gyffwrdd yn ei ysgwydd. Er mai dim ond mis Ebrill oedd hi, roedd yr hin yn dyner ac roedd hi'n braf yn y dŵr llugoer. Edrychodd hi draw at y cloc ar y wal bellaf gan erfyn ar ei fysedd i aros yn llonydd.

"Ti'n meddwl ambythdi fi tu fas i'r lle 'ma?" mentrodd hithau.

Daeth awel ysgafn i gosi wyneb y dŵr. Roedd y pwll wedi gwagio erbyn hyn a dim ond ambell nofiwr arall a oedd yn dal i gylchu'r pâr fel gwyfynod meddw. Daeth cyhoeddiad o'r uchelseinydd.

"RHYBUDD PUM MUNUD!"

Diflannodd ei wên.

"Ydw, drwy'r amser. Fi'n meddwl ambythdi ti'n lot rhy amal."

Llamodd ei chalon. Gwridodd eto. Plymiodd i'r dyfnderoedd glas. Welai neb ei dagrau yn nŵr y Lido.

\* \* \*

Doedd ganddo ddim llwy i dynnu'r cwdyn te, felly defnyddiodd ei fysedd. Roedd wedi dewis y ford yng nghornel bellaf y caffi, lle gallai weld pwll y Lido drwy ffenest fawr heb dynnu gormod o sylw ato'i hun. Cymerodd lymaid o'r te poeth a gosod ei sbectol am ei drwyn.

Fe'i gwyliodd hi'n eistedd ar wely haul wrth ymyl y pwll. Roedd hi'n bishyn a hanner, chwarae teg. Roedd hi'n llenwi'r bicini yna'n dda, a'i gwallt yn rhaeadrau pryfoclyd dros ei hysgwyddau noeth.

Teimlodd ei ffôn yn crynu yn ei boced ac fe'i hanwybyddodd. Emma oedd yno mae'n siŵr, yn gofyn iddo wneud ryw dasg ddiflas neu'n ei ddwrdio am anghofio gwneud rhywbeth neu'i gilydd. Daliodd ati i syllu ar y ferch wrth y pwll. Roedd ar dân eisiau ymuno â hi. Roedd am afael ynddi a'i chusanu'n wyllt bob modfedd. Ond, symudodd e ddim o'i gadair. Ymhen tipyn, gwelodd y ferch yn codi o'r gwely haul ac yn anelu am un o'r cytiau newid. Roedd y cyfle wedi'i golli. Ochneidiodd.

Estynnodd draw i ochr arall y ford a gafael yn y Capri Sun. Rhyddhaodd y gwelltyn o'r plastig a thrywanu'r cwd. Cododd pen bach o'r tu ôl i'r *ipad* a dweud, "Diolch, Dadi."

\* \* \*

Roedd hi'n fore dydd Llun trymaidd ddiwedd mis Awst ac roedd hi'n amau ei bod hi'n dechrau llosgi. Gorweddai ar wely haul gan edrych i lawr ar ei bicini newydd; un lliw caramel â smotiau hufen. Roedd ei bronnau'n edrych yn dda yn hwn eto a byddai hynny'n siŵr o'i blesio.

Tynnodd ei sbectol haul a chau ei llygaid, gan gynnig ei hwyneb yn offrwm i haul y Lido. Roedd hi wedi bod yn dod i'r Lido yn ddeddfol ers iddo ailagor ryw ddegawd yn ôl, pan oedd hi'n dal yn ferch ysgol – cyn cwrdd ag e, hyd yn oed. Roedd ganddi frith gof o adfail yr hen Lido pan fyddai hi'n dod i Bontypridd yn ferch fach ar y bws gyda'i thad-cu. Ond yn amlwg, chymerodd hi ddim sylw ohono bryd hynny, gyda phethau pwysicach fel y llithren fawr a hufen iâ yn mynd â'i bryd. Ond nawr, roedd pob manylyn ohono yn ei swyno.

Cadwyd at yr arddull Canoldirol – Rhufeinig, bron – wrth adnewyddu'r Lido, a dyna oedd hud y lle iddi hi. Cadwyd y panteils cochion, y cytiau newid pren a'r gatiau tro haearn. Roedd wrth ei bodd â'r cyffyrddiadau *art deco* ar yr arwyddion hefyd, a'r ferch mewn cap nofio lliw tanjerîn ar y logo. Roedd yn gofeb fyw i lewyrch yr oes a fu – ac roedd yn odidog. Y lle perffaith i briodi ei phartner nofio, breuddwydiodd.

Byddai hi'n gwisgo ffrog rosliw â gwasg isel eiconig y dauddegau gyda haenau o ddeunydd *crepe* yn disgyn o'r canol at ei phen-glin, a'r rheini'n frith o berlau. Am ei thraed byddai sandalau aur gyda strap bar-T â bwcl sengl. Byddai'n gadael ei gwallt yn gudynnau rhydd gyda sgarff sidan i'w cadw o'i hwyneb. Byddai e mewn siwt frethyn lwydlas gyda brasys botymog o ledr brown; crys gwyn ffurfiol gyda chyffiau Ffrengig a choler clwb; esgidiau deuliw a het Banamâ.

Wrth gyrraedd, byddai'r gwesteion yn cael cynnig coctel French 75 ar y patio. Yna, byddai'r dorf yn cael ei harwain i'r amgueddfa fechan ar lawr cyntaf yr adeilad a oedd â golygfa o'r pwll islaw. Seremoni syml fyddai hi, gydag ambell fardd dan deimlad yn cael ei gyfareddu i adrodd cywydd byrfyfyr cwbl wefreiddiol. Yna, byddent yn cynnal y parti wrth ochr y pwll gyda chanapês cafiâr a rhaeadrau o siampên. Byddai'r lle'n ferw o ddawnsio a throchi yn y pwll tan yr oriau mân i gyfeiliant band swing. Byddai hanes ei phriodas yn y Lido yn chwedlonol ar hyd y cwm am ddegawdau.

Torrwyd y darlun pan laniodd gwylan wrth ei hymyl i lowcio hen jipsen o'r llawr; roedd ei llygaid yn greulon. Doedd e ddim wedi cyrraedd eto. Byddai e fel arfer yn hwyr a hithau fel arfer yn gynnar, a fyddai'n gwneud iddo deimlo'n hwyrach fyth. Roedd e'n hwyr iawn heddiw a'r sesiwn bron â dod i ben. Sylwodd ar yr achubwyr bywyd yn gosod y teganau gwynt a'r fflotiau yn barod ar gyfer y sesiwn nofio i deuluoedd. Cyn pen munudau, byddai'r lle yn un haid o blant yn sblasio a gwichian. Byddai ei chilfach yn llawn twrw a chewynnau nofio.

"Ble ma' fe?" gofynnodd hi i'r wylan. Chafodd hi ddim ateb gan fod honno wedi symud ymlaen i weddillion lolipop o dan ei gwely haul. Ochneidiodd a chymryd sawl swig hir o'i Slush Puppy glas. Sylweddolodd hi ddim fod y ddiod wedi troi ei dannedd a'i gwefusau'n las llachar tan iddi estyn am ei ffôn i dynnu selffi. Rhegodd yn flin ar yr wylan, "Diolch am 'weud wrtha i!"

Arhosodd tan ddiwedd y sesiwn ond fentrodd hi ddim i'r dŵr, er y byddai hynny wedi bod yn braf yn y gwres. Doedd dim pwrpas gwlychu ei gwallt am ddim rheswm ac roedd angen iddi fod yn ôl yn y gwaith cyn hir. Yn llawn siom, dychwelodd i'r cwt pren a newid yn ôl i'w dillad, a'i meddwl yn carlamu. Dechreuodd ailchwarae eu sgwrs ddiwethaf yn ei phen. Oedd hi wedi dweud rhywbeth rhyfedd? Oedd hi wedi gwthio pethau'n rhy bell? Efallai ei fod wedi cael damwain car. Efallai nad oedd e'n ei ffansïo bellach am ei bod hi wedi magu pwys neu ddau. Wrth gau pob botwm ar ei blows, meddyliodd am reswm arall pam nad oedd wedi dod. Cocsodd ei throed i esgid a chofio am ei gyffyrddiad o dan y dŵr. Wrth glymu ei mwclis, dychmygodd e'n cusanu ei gwddf yn dyner, yn sibrwd geiriau melys yn ei chlust, yn symud ei wefusau'n is.

Wrth adael y Lido drwy'r gatiau haearn, roedd hi'n brwydro'r dagrau. Byddai'n beio'r clorin.

\* \* \*

Plymiodd gwylan i mewn i ffenest y caffi. Roedd y sŵn fel ergyd dryll.

# Y FORWYN FAIR, PEN-RHYS

Mae Doli'n dost ac angen maldod. Rwy'n rhoi cwtsh iddi, yn ei gosod ar y gwair ac yn rhoi deilen dafol drosti yn ofalus. Mae hi'n cysgu nawr. Ble mae Siân? Dacw hi draw fan'na, wrth y ffynnon. Rwy'n codi llaw ac mae hi'n chwifio'n ôl, cyn rhedeg draw ata i. Rwy'n hoffi ei ffrog borffor a'r plethi yn ei gwallt. Gobeithio gaf i'r ffrog ar ei hôl hi.

Rhedwn nerth ein pennau o gwmpas y cerflun, nes ein bod ni'n teimlo'r bendro ac yn cwympo 'nôl ar y gwair meddal. Dy'n ni ddim yn siŵr pwy yw hi ond mae Siân yn meddwl mai hi yw Brenhines y Rhondda am fod coron am ei phen. Mae ganddi hi ddoli hefyd, fel fi. Ry'n ni'n dwy'n gytûn fod y ledi'n brydferth iawn ond ei bod hi'n edrych yn drist. Mae hynny'n gwneud i fi deimlo'n drist, felly rwy'n penderfynu peidio edrych arni.

Mae'r haul yn gynnes. Gorweddwn ar y gwair, drws nesa i Doli, a thynnu patrymau o'r cymylau. Rwy'n gweld trên yn tynnu tua'r orsaf; mae Siân yn gweld cornet hufen iâ. Mae

Siân ddwy flynedd yn hŷn na fi ac wedi dysgu pethau pwysig imi, fel sut mae gwneud cadwyni gyda'r llygaid y dydd sydd o'n cwmpas ym mhob man, ac o le mae babis yn dod.

Dywedodd Mami wrtha i mod i'n cael chwarae ar y stad ac yma wrth y cerflun ond mod i ddim i fynd dim pellach. O fan hyn rwy'n gallu gweld y tai a'r ceir islaw. Mae'r ceir yn edrych fel *granny greys* ar ôl codi carreg.

"Ti'n gweld y tai yna lawr fynna?" meddai Siân gan bwyntio at un o'r rhesi o dai teras. "Drws nesa i'r orsaf dân? Dyna le mae Nani fi'n byw, ac mae Bopa Helen yn byw drws nesa. Fi'n mynd draw 'na fory."

Mae fy nheulu i gyd yn byw y tu ôl inni, ar y stad.

Ry'n ni'n rhedeg at y mieri ac yn pigo mwyar duon. Maen nhw'n troi fy mysedd yn goch – sy'n edrych fel gwaed. Maen nhw'n blasu'n sur, sur ond mae Siân yn dweud mai dyna sut maen nhw i fod i flasu ac fy mod i'n gwybod dim byd. Mae Siân yn gas weithiau. Wrth gerdded, mae'r *stingies* yn pigo fy nghoes ac mae'n 'nafu lot. Mae Siân yn estyn deilen dafol i mi gael ei rhwbio ar fy nghoes. Mae Siân yn garedig weithiau. Mae fy nghoes i'n dal i 'nafu tamaid bach ond rwy'n ddewr.

Rwy'n anghofio am Doli ac yn meddwl fy mod i wedi ei cholli – ond mae hi'n dal i gysgu o dan y ddeilen. Fe'i codaf hi a brwsio'r gwair oddi arni gyda fy mysedd. Fydd Mami ddim yn hapus os nad ydw i'n edrych ar ei hôl hi ar ôl conan gymaint amdani.

Rwy'n gofyn i Siân, "Beth wyt ti eisiau bod pan ti'n fawr?"

Mae hi'n dweud, "Dwi ddim yn gwybod."

Rwy'n dweud, "Dwi ddim yn gwybod chwaith."

Ond rwy'n gwybod. Rwy' eisiau bod yn nyrs a chael watsh ar fy mrest.

Ry'n ni eisiau mynd i siop Rav ar y stad ond does dim arian gyda ni. Mae mam Siân yn dod allan o'r tŷ gyda Tip Tops. Un glas i mi ac un oren i Siân. Mae'r tip top yn troi fy nhafod yn las. Wrth sugno ry'n ni'n siarad am faint o fabis ry'n ni'n mynd i gael. Mae Siân yn mynd i gael tri – dau wyn ac un du. Rwy'n mynd i gael pedwar – does dim ots gen i ba liw. Bydd gyda ni gar mawr a byddwn ni'n mynd ar wyliau bob blwyddyn i'r garafán yn Trecco Bay. Bydd y plant yn mynd ar fy nerfau weithiau felly bydda i'n mynd i gael gwneud fy ngwallt i gael llonydd.

Cariad **oedd** fy ffrind gorau, gorau yn yr ysgol; Joanne oedd fy ail ffrind gorau. Ond un diwrnod, daeth Cariad i'r ysgol a dweud ei bod hi'n symud ysgol ac mai dyna oedd ei diwrnod olaf. Doeddwn i ddim yn ei chredu hi, ond y bore wedyn doedd hi ddim yn yr ysgol. Dywedodd Miss Davies ei bod hi wedi symud i'r ysgol Saesneg. Criais i am ddiwrnodau. Joanne yw fy ffrind gorau yn yr ysgol nawr; Rebecca yw fy ail ffrind gorau.

Dyw Siân a fi ddim yn ffrindiau yn yr ysgol. Mae Siân yn nosbarth Miss Greenwood a minnau yn nosbarth Miss Davies. Mae ofn Miss Greenwood arna i; mae hi'n gweiddi lot yn y gwasanaeth. Mae Miss Davies yn edrych fel yr haul. Mae hi'n dweud fy mod i'n dda am dynnu llun. Ond dydw i ddim mor dda â Greg. Mae Miss Davies yn dweud bod angen imi ymarfer fy llawysgrifen. Rwy'n cymysgu rhwng 'b' a 'd' o hyd; 'b' am babi; 'd' am doli; mae hynny'n anodd.

Yng nghanol iard yr ysgol mae coeden enfawr; 'castanwydden' meddai Miss Davies. Y goeden yw'r man cyfri pan fyddwn ni'n chwarae cuddio a'r cri pan fyddwn ni'n chwarae tag. Weithiau, ry'n ni'n casglu'r concyrs sy'n cwympo o'r goeden. Yna ry'n ni'n mynd â nhw sha thre at ein dadis i gael eu gwneud nhw'n galed, galed ac i roi lasyn drwyddyn nhw. Mae Dadi yn eu dipio nhw mewn farnais. I'r rheiny heb dadi, maen nhw'n gofyn i Tony eu helpu nhw gyda'r concyrs.

Tony yw gofalwr yr ysgol. Mae gyda fe oferôls glas a dwylo cawr. Heblaw am helpu gyda'r concyrs, ry'n ni'n hoffi ei wylio yn rhoi awch ar ei gyllyll ar stepen ystafell y terapin ac yn llosgi papurau yng nghornel bella'r iard. Dyw Tony ddim yn siarad Cymraeg ond mae'n gwenu bob amser ac wrth ei fodd pan ry'n ni blant yn helpu.

Weithiau, bydd potel blastig yn chwythu o dan y gât i'r iard. Wedyn, bydda i a fy ffrindiau yn estyn darn o bapur a phensel ac yn ysgrifennu nodyn bach a'i stwffio i'r botel. Rebecca fydd yn ysgrifennu'r nodyn fel arfer; hi sydd orau am sillafu. Yna, byddwn ni'n taflu'r botel dros y ffens i'r afon. Byddwn ni'n dychmygu bod rhywun mewn lle egsotig fel Jamaica neu Gaerdydd yn ei ffeindio hi ac yn darllen ein neges. Rwy'n hoffi mynd i'r ysgol.

"Fi'n gorfod mynd sha thre nawr," meddai Siân. "Mae Lloyd 'nôl gartre a ni'n cael parti."

Rwy'n hoffi partis ond ches i ddim gwahoddiad. Gaf i'r hanes gan Siân yfory.

Mae Doli a fi'n gorwedd ar y gwair yng nghysgod y ledi drist. Mae ei choron yn edrych yn drwm am ei phen. Rwy'n breuddwydio am sut beth fyddai bod yn frenhines. Byddwn i'n dweud bod yn rhaid i bopeth yn Siop Rav fod am ddim a dim ond yn rhoi pobl ddrwg yn y jail. Byddwn i'n gwisgo ffrog aur a phinc, a tiara sy'n bertach na choron.

Daw Mami i fy ôl i a Doli. Wrth afael yn ei llaw rwy'n gofyn iddi,

"Gawn ni jips o'r siop jips i de?"

Dyw Mami ddim yn ateb, ond mae'n gwasgu fy llaw yn dynn, dynn.

# BEDW ROAD, CILFYNYDD

Lluwchiai'r eira'n ddidrugaredd ac roedd bochau'r ferch yn llosgi yn y gwynt. Roedd hi wedi meddwl troi yn ôl sha thre sawl gwaith ond roedd y ffrae fawr gyda'i mam yn ddigon iddi ddal i roi un droed o flaen y llall. Doedd dim un car ar y lôn o Abercynon i Gilfynydd a goleuadau pŵl y stryd a arweiniai'r ffordd yn yr eira. Tynnodd y ferch ei chot yn dynnach amdani a chadw ei phen i lawr. Roedd y poenau, a ddechreuodd ben bore, nawr yn cipio'i gwynt yn llwyr. Bu'n rhaid iddi stopio bob hyn a hyn, ond roedd hi'n bwrw eira mor drwm fel na fentrai oedi'n hir. Ysgyrnygodd y ferch a phydru ymlaen yn nannedd y gwynt nes cyrraedd Rhif 11, Bedw Road.

Cnociodd ar y drws. Ei bwriad oedd cnocio'n galed ond roedd y daith wedi hawlio'i holl egni wrth iddi sefyll yn ei dwbl ar y stepen drws. Atebwyd y drws gan wraig ganol oed mewn gwn nos anniben, a'i gwallt brith yn gyrls caled uwch ei hwyneb. Gostegodd y boen ddigon iddi allu gofyn i'r wraig a oedd ei gŵr gartre. Ysgydwodd hithau ei phen. Doedd yr un llygedyn o dosturi ar wyneb y wraig ond dywedodd, "Well iti ddod mewn" yr un fath. Gwrthododd y ferch i ddechrau ond wrth i'r gwayw yn ei bola ddyfnhau, ildiodd a dilyn y wraig i mewn i'r tŷ â'i phen yn isel. Caeodd y wraig y drws ar y gwynt milain a chodi'r handlen.

Roedd y tŷ teras yn greulon o glyd ac arogl ryw bryd bwyd garllegog yn llenwi'r lle. Cynheswyd y gegin fawr gan lampau gwan a thân bostfawr yn y grât. Roedd blancedi a chlustogau moethus wedi'u taflu yma ac acw ar y soffa felfed. Ar y ford goffi, roedd gwydraid o win coch ar ei hanner a nofel yn freichiau agored. Clywyd sŵn rhyw fwmial o'r radio. Swynwyd y ferch gan gynhesrwydd estron y tŷ.

"Fi mor sori am eich styrbo chi," sibrydodd y ferch. Atebodd y wraig ddim, dim ond tynnu cot y ferch a'i gosod ar ganllaw'r grisiau cyn ei hebrwng i'r gadair esmwyth o flaen y tân. Caeodd y ferch ei llygaid â'i holl nerth i gymell y boen i ysgafnhau. Wrth iddi wneud hynny, syllodd y wraig ar fola crwn y ferch ac ar y patshyn gwlyb ar ei throwsus.

"Mae e'n dod," rhegodd y ferch rhwng ei dannedd, ei llygaid wedi'u sodro ynghau.

Estynnodd y wraig ei ffôn a deialu 999 ond doedd dim modd cysylltu. Ceisiodd eto ond roedd y lein yn gwbl farw.

"Achos y storom eira siŵr o fod. Dria' i 'to mewn muned," meddai'r wraig yn ddigyffro, gan osod ei ffôn ar y ford goffi. "Ond well inni baratoi. Bydda i 'nôl nawr."

Cerddodd y wraig yn bwyllog i'r gegin i danio'r tegell cyn mynd at y cwpwrdd eirio ar y landin. Agorodd ddrws y cwpwrdd a syllu fel delw ar y sgwlc o dywelion mewn rhesi taclus ar y silff. Tywelion o bob lliw; prawf o flynyddoedd o gyd-fyw. Tywelion yr oedd hi wedi'u golchi a'u plygu ganwaith. Plymiodd ei hwyneb i'w canol, gan fwynhau coflaid y cotwm meddal. Anadlodd i mewn yn ddwfn a chlywed ei arogl e ar y defnydd. Tarodd ddwrn i'w canol a rhegi. Pryd fyddai e'n dod adre i lanhau'r llanast yr oedd wedi'i greu? Doedd yr un tywel yn ddigon mawr i hynny debyg. Brathodd ei thafod i atal y dagrau.

Ond roedd y wraig wedi gweld y ferch hon o'r blaen; ryw ddeunaw mis yn ôl erbyn hyn, mae'n siŵr, meddyliodd. Cynhaliwyd noson yng Nghlwb y Bont i ddathlu ymddeoliad rhywun a oedd yn gweithio gyda'i gŵr. Roedd digonedd o ganu a chodi hwyl a phawb wedi cael gormod i yfed; **fe** yn enwedig. Cyrhaeddodd criw o ferched y dafarn ar gyfer stop tap; eu hieuenctid yn hawlio'r bar. Gwelodd ei gŵr yn sgwrsio â'r criw ac fe'i clywodd yn adrodd ei hen stori am y ciwbiau iâ. Dyna oedd **y** stori; y cyfaill ffyddlon y byddai'n ei gyflwyno bob tro roedd am greu argraff dda. Dylai hi fod wedi amau bryd hynny. Cofiodd sylwi bod un flonden yn enwedig yn llowcio'r cwbl. Dylai'r wraig fod wedi mynnu bod ei gŵr yn dod sha thre gyda hi yn y tacsi.

Oedd, mae'n siŵr ei fod e wedi bod yn olygus ryw dro. Ac erbyn meddwl, roedd y blynyddoedd wedi bod yn garedicach wrtho fe nag wrthi hi. Er gwaethaf brithni ei gorun, roedd ei lygaid gwyrddlas mor hynod ag erioed, ac roedd wedi llwyddo i osgoi'r dorch o floneg canol oed. A gwyddai hi yn ei chalon y byddai e'n siŵr o fod wedi bachu ar y cyfle.

Ond pam roedd hi wedi meiddio dod yma? Beth ddiawl oedd wedi dod drosti?

Daeth sgrech o'r llawr islaw. Ffroenodd y wraig i'w hymdawelu ei hun. Roedd ei phen yn dweud wrthi am afael yn y ferch a'i throi allan i'r nos, ond roedd ei greddf yn ei chymell i afael mewn swp o dywelion ac anelu am y grisiau. Anwybyddodd y casgliad o luniau ar wal y grisiau; casgliad amrywiol o bâr yng nghorwynt egin serch ac yn hen flanced gyfforddus blynyddoedd o briodas.

Gosododd y wraig y tywelion ar hyd y llawr o flaen y tân.

"Tynna dy drowsus a dy nicers. Ishte fanna, ar ben y tywelion."

Ufuddhaodd y ferch drwy ei dagrau. Aeth y wraig i'r gegin fach, estyn y bowlen ffrwythau wag ac arllwys dŵr berw o'r tegell iddi; roedd y stêm yn cymylu ei sbectol.

Tybed a oedd y ferch yn gwybod am ei hanes hithau? Ai dyna pam roedd hi wedi mentro dod yma o bob man mewn storm eira? Roedd hi'n chwilio am y gŵr ond go brin y byddai e wedi bod o unrhyw gymorth iddi pe bai gartre. Ond drwy ryw lwc greulon, roedd hi'n gwybod yn union beth i'w wneud gyda'r ymwelydd annisgwyl yn yr eira.

Bu â'i bryd ar fod yn fydwraig ers iddi fod yn ferch fach. Roedd meddwl am gael jobyn lle gallai edrych ar ôl babis bach a gwisgo iwnifform wedi ei chyfareddu'n llwyr. Pan fyddai'n chwarae gyda'i chwaer fach, byddai'n mynnu bod honno'n stwffio doli o dan ei siwmper. Yna, byddai hi'n tynnu'r ddoli, ei lapio mewn blanced a'i gosod yn ofalus mewn hen focs esgidiau.

Wrth iddi hi dyfu, tyfu hefyd wnaeth yr awydd. Yn ei harddegau, fe'i cyfareddwyd yn llwyr gan waith Margaret Atwood a Maya Angelou a gwnaeth benderfyniad pendant i fod yn ffeminydd. Gwirionodd ar y syniad fod corff merch yn achos dathlu ac nid yn ddim ond testun poen. Roedd dod â bywyd newydd i'r byd yn fodd i fenyw brofi grym ei natur fel menyw. Daeth i weld rôl bydwraig fel modd o gefnogi menywod i gyflawni eu potensial. Gadawodd yr ysgol gyda sêl bendith cyndyn ei thad ac aeth ati i hyfforddi fel nyrs, ac yna fel bydwraig.

A dyna a wnaeth am flynyddoedd lawer. Helpodd gannoedd os nad miloedd o fenywod. Roedd yn destun balchder mawr iddi fod sawl menyw ifanc yn cerdded o amgylch ardal Pontypridd a atebai i'r un enw â hithau; arwydd o werthfawrogiad gan rieni diolchgar.

Ond aeth y cyfan yn drech na hi. Roedd prinder staff, oriau peryglus o hirfaith a lefel y cyfrifoldeb yn ofid parhaol a gwnaeth y penderfyniad poenus i adael y proffesiwn ar ôl deng mlynedd ar hugain o wasanaeth.

Cymhwysodd fel bydwraig ar adeg pan oedd profiad a greddf yn cyfrif mwy na gradd. Greddf oedd yn ei gyrru y noson honno.

Dychwelodd i'r gegin fawr a gosod y bowlen, y siswrn a chlwtyn glân ar y ford goffi, cyn penlinio wrth ochr y ferch. Cododd y wraig y ffôn i ddeialu 999 ond roedd y lein yn gwbl farw o hyd. Udodd y ferch yn wan, cyn rhyddhau sgrech o fêr ei hesgyrn.

Syllodd y ddwy i fyw llygaid ei gilydd. Doedd yr un ohonynt wedi mentro gwneud cyn hynny. Nid oedd y wraig yn disgwyl gweld yr hyn a welodd. Nid temtwraig ddieflig a welai'n syllu'n ôl arni ond merch fach ag arni ofn y bwci bo; ei llygaid llo yn ddisglair gan ddagrau. Roedd ei chroen fel llaeth enwyn a'i bochau'n goch, goch; naill o boen neu gywilydd – neu'r ddau, meddyliodd y wraig.

"Bydd popeth yn iawn. Anadla."

Cyd-anadlodd y ddwy, a'u hanadl yn gymysg â'r stêm

a godai o'r bowlen ar y ford. Estynnodd y ferch ei dwylo ifanc at y wraig yn obeithiol. Oedodd y wraig am ennyd cyn gafael ynddynt yn dynn. Roedd dwylo'r wraig fel menyn; roedden nhw'n atgoffa'r ferch o ddwylo ei mam.

Edrychodd y wraig rhwng coesau'r ferch a gweld ffluwch o wallt tywyll.

"Nawr, pan ti'n teimlo'r boen nesa, gwthia, gwthia!"

Gwthiodd y ferch â'i holl nerth, â'i chwys yn gymysg â'r dagrau.

"Wy'n gallu gweld y pen. Pan mae'r boen yn dod 'nôl, gwthia eto!"

Roedd y ferch yn crynu gan flinder. Ysgydwodd ei phen.

"Trysta fi. Un mawr arall."

Symudodd y wraig ei bysedd i afael yn arddyrnau main y ferch, fel petai'n cymell ei nerth ei hun i saethu i'w gwythiennau hithau. Gwthiodd y ferch, eto ac eto. Estynnodd y wraig y clwtyn gwlyb o'r bowlen a sychu'r dafnau chwys oddi ar ei thalcen gyda thynerwch.

Wrth i'r ferch wthio eto, arweiniodd y wraig y babi gerfydd ei ben, gan ddatglymu'r llinyn bogail yn ofalus oddi amgylch gwddf yr un bach. "Merch fach!" cyhoeddodd y wraig yn falch wrth ddal y babi a oedd yn goesau i gyd. Cyd-anadlodd y ddwy mewn rhyddhad.

Llenwyd yr ystafell â chri melys o enau'r un fach ar y gwely o dywelion. Cododd y wraig ac estyn dau ruban o'r bocs gwnïo wrth ymyl y lle tân. Yn ddiffwdan, clymodd y ddau o amgylch y llinyn bogail a defnyddio'r siswrn i dorri rhwng y ddau gwlwm. Gwenodd yn gynnes wrth lapio'r babi mewn tywel ffres a'i gosod yn dyner ym mreichiau'r ferch. Tawodd y babi wrth deimlo gwres ei mam.

Ar lawr y gegin fawr, eisteddai'r wraig a'r ferch ar y tywelion gwaedlyd; y radio yn dal i fwmial a'r tân yn cynhesu'r tair. Tu allan, roedd yr eira wedi gostegu a'r gwynt wedi hen golli ei nerth.

Canodd ffôn. Ei enw e oedd ar y sgrin. Wnaeth yr un o'r ddwy ei ateb; dim ond gafael yn dynn yn ei gilydd a chyd-gofleidio'r un fach.

# CAFFI BERTORELLI, ABERPENNAR

'Slawer dydd, bydde'r fan lath a chryts danfon papure yn gwmni ifi. Ond heddi, yr unig eneidie byw a wela i ar y siwrne o 'nghartre ym Mhenrhiwceibr i'r siop yn Aberpennar yw ambell gwrcath yn sgwlcan sha thre, a chymudwyr cysglyd yn anelu am y brifddinas.

Wy'n lico cyrraedd y caffi erbyn chwech o'r gloch, sy'n dasg hawdd ar ddiwrnod braf o haf fel heddi. Ar ôl cyrradd, wy'n agor y caeade dioglyd, cyn sgubo'r pafin tu fas i'r siop — yn gwmws fel y bydde Nonno'n 'i neud.

Wy'n meddwl weithie tybed o'dd Dadi'n siomedig na chas e fab i gynnal yr enw Bertorelli, a hyd yn o'd yn fwy siomedig bo fi 'di mabwysiadu'r Williams di-nod ar ôl priodi. Nid ei fod e erio'd wedi gweud 'ny wrth gwrs. Ac o leia' o'dd Bertorelli'n ca'l para yn enw'r siop.

Calon ein caffi bach ni, heb os, yw'r hen beiriant coffi pres sy'n hawlio canol y cownter. Wy'n cofio Nonna'n dysgu ifi siwd i rwto'r hen beiriant gyda chlwtyn sych a Brasso, nes ein bod ni'n gweld ein hwynebe'n glir ynddo. Hyd yn o'd nawr, ma' gwynt Brasso yn 'yn atgoffa i o Nonna druan. Wy'n tanio'r peiriant a chyn hir ma'r hen fonheddwr yn pwffian yn browd dros y lle. O'n i'n enjoio ca'l ennyd fach i fi'n hunan dros *espresso* wrth agor y post, ond heddi ma'r ddefod fach honno wedi colli ei sglein. Sa i'n siŵr ife'r coffi neu'r bilie sy'n codi'r dŵr po'th.

Am saith o'r gloch ar ei ben, ma' Janet yn cyrradd ac yn anelu'n syth am y gegin. Un brin ei geirie fu Janet ers dechre 'ma'n bymtheg o'd, ond ma' hi'n weithiwr caled a thriw. Heb yngan yr un gair ma' hi'n torchi llewys, golchi dwylo, a dechre taenu menyn ar y rholie bara. Wy'n erfyn gweld Kelly'n hwylio mewn ar ei hôl hi, am mod i wedi arfer siŵr o fod. Croten ifanc biwr ei hwyneb o'dd Kelly, a fu hefyd yn gweitho 'ma ar ôl gadel yr ysgol. Weithie, o'dd rhaid ei hatgoffa hi ei bod hi 'ma i weitho ac nid cloncan, ond o'dd y cwsmeried wrth eu bodd â hi, yn enwedig yr hen ddynon. Fi'n gweld ei heisie hi'n fowr. Ro'n ni'n tair yn dîm da; *The Cynon Valley Charlie's Angels* yn ôl un o'n ffyddlonied. Weithie bydde Luca, y mab, yn dod i roi help llaw hefyd, ond o'dd gan hwnnw fwy o ddiddordeb mewn ymol llyged ar Kelly o'r tu ôl i'r til na chymryd ordors. Wedi gweud 'ny, o'dd e'n un da ei ga'l i estyn y jarie taffish o'r shilff dop, a fi'n siŵr bydde fe wedi dod i dynnu'i bwyse yn y pen draw.

Ac am hanner awr wedi saith, wy'n troi'r hen arwydd ar y drws, yn twgyd pip sydyn o fynd a dod y stryd, sy'n fwy o fynd nag o ddod yn ddiweddar, cyn croesawu'r cwsmeried cynta. Cyn ifi droi, ma'r caffi'n llawn stêm sgwrsio a chlochdar cyllyll a ffyrc.

\* \* \*

Ar ôl ryw awr o weithio'r til, sgriblo ordors lawr yn frysiog i Janet, a chloncan dros sŵn y peiriant coffi, wy'n estyn cwpan *espresso* a'i lenwi 'da llath. 'Wedodd Doctor Bukhari wrtha i fod angen i fi ga'l mwy o galsiym. Ma' hwnna'n galed achos sa i hyd yn oed yn cymryd llath yn 'y nghoffi, ond fi'n trial. O'n i'n arfer ca'l Kelly i neud *milkshake* bach i fi pan fydde'r siop yn dawel, ond wy'n neud y tro gyda'r llath yn lle 'ny nawr. Ma' angen i fi fyta mwy o *kale* 'fyd yn ôl Doctor Bukhari. Ma'n dda ar gyfer balanso'r hormôns a chryfhau'r esgyrn, medde fe. Weles i erio'd Nonna'n byta *kale* cofiwch, a buodd honna fyw tan ei bod hi'n gant! A sa i'n credu ofynnodd unrhyw un erio'd am *kale* yn y caffi. Ond chi byth yn gwbod, falle bydde cynnig pethe fel'na wedi helpu.

Ma'n rhaid bod rhyw ddwy flynedd nawr ers ifi ga'l y pwl gwael 'na am y tro cynta. O'n i yn y caffi, yn cerdded yn ôl a mlân i'r gegin wrth ga'l sgwrs go galed gydag un o'n *suppliers* newydd ni ar y ffôn. Dyma fi'n dechre twmlo pinne bach yn 'y mysedd i. O'n i'n meddwl i ddechre taw fi o'dd yn gafel yn y ffôn yn rhy dynn. A wedyn dechreuodd 'y nghalon i guro fel gordd ac a'th 'y ngheg i'n sych, sych. Cyn ifi gwpla'r alwad o'n i ar y llawr. Diolch byth bod Jeff gyda fi yn y siop ar y pryd. Gorffodd e gerdded fi at ddrws y bac, troi crât llath a hala fi i ishte arno. Dyna ddechre pethe. Dim ond newydd ga'l 'y mhen-blwydd i'n hanner cant o'n i. O'dd rhywbeth yn bod; fel arfer sen i ddim 'di becso taten am gwmpo mas gyda *supplier*.

Ma' tast sur ar y llath 'ma. Wy'n taflu'r carton ac yn estyn un arall, ond sa i'n trafferthu arllwys dishgled arall.

O'n i jest ddim yn fi'n hunan. O'n i'n teimlo mor ishel ac yn becso am bopeth, ffaelu byta, ffaelu cysgu. Ac o'dd 'yn hwylie i'n uffernol. Gweiddi ar bawb a phopeth, Jeff a'r plant yn enwedig, a Janet a Kelly druan. Feddylies i erio'd bydde pethe'n gallu bod cynddrwg. Sdim rhyfedd gas Jeff lond bola.

Ma'r caffi'n go fishi heddi. Ma' rhai cwsmeried 'ma sa i 'di gweld ers blynydde, sy'n corddi fi'n fwy na chodi 'nghalon i a bod yn hollol onest. Ma' galw mawr am y pastis a'r *custard slices*. Ma' un crwtyn yn gweud bod y *custard slices* yn *fire* o gymharu â rhai Greggs; beth bynnag ma' hwnna'n feddwl. O'dd Jeff wostod yn gweud taw *custard slices* Bertorelli's o'dd y rheswm gwympodd e mewn cariad 'da fi.

Gwrddon ni yn y Workies yn Abercwmboi; 1987. O'dd 'i frawd e'n priodi, ac o'n nhw 'di gofyn i Dadi a Nonna neud y bwyd ar gyfer y parti. Ac o'n i'n digwydd bod wedi mynd draw i helpu i osod y *buffet*. A 'na pryd weles i Jeff, ei dei e'n gam, a'i lyged e'n feddw. O'dd e'n *gorgeous;* 'run sbit â George Michael. Draw yn Cefnpennar o'dd ei deulu e'n byw, so o'n i ddim yn eu nabod nhw. O'n i erio'd wedi gweld cyment o bishyn. Dechreuodd pawb fyta, a diolch byth eu bod nhw, achos sen i'n gweud bod ishe socan lan y cwrw ar bob un yn y lle! Wy'n cofio, o'dd ford y *buffet* wrth ymyl y *dance floor*. O'n i'n fishi'n tynnu *cling film* off y sosej rôls pan stagrodd e draw, ei jops e'n gwstard i gyd, yn canu 'Suspicious Minds' nerth ei ben ac estyn ei law i fi ddanso gyda fe. A 'na fe. O'dd e'n taeru am flynydde taw'r *custard slice* o'dd y *clincher*.

Ar ôl i griw mawr adel y caffi, wy'n estyn y brwsh i sgubo o dan y fordydd. Bydde Dadi wastod yn gweud bod ishe cadw'r lle yn deidi sdim ots pa mor fishi yw hi. Sneb moyn byta'u cino mewn twlc. Wrth gyrradd y gornel bella wy'n sylwi ar dwll newydd yn lleder y bwth; y bwth lle gofynnodd Jeff i 'mhriodi i. Wy'n byseddu'r twll ac yn gadel i'n feddwl i grwydro.

O'n ni 'di bod yn caru ers ryw dri mish pan ffindes i mas bo fi'n erfyn Francesca. Dries i anwybyddu'r peth ond o'dd dim cwato'r peth wrth Nonna. O'dd hi'n gwbod cyn fi hyd yn o'd. O'dd y mŵbs i'n anferth ac o'dd *tiramisu* yn codi pwys arna i. Un diwrnod, dath Jeff draw i ga'l 'i gino. Ishteddon ni gyferbyn â'n gilydd yn y bwth 'ma fan 'yn, fynte'n stwffo wy a chig moch a fi'n ware 'da'r potie halen a phupur ar y ford. A phan wedes i wrtho fe, 'nath e ddim colli'i dymer na chynhyrfu, dim ond dechre gwenu fel gât, darne o wy dros ei jops e i gyd. Gyda llond ceg o gig moch wedodd e, "Prioda fi".

Erbyn i fi gwpla'r brwsio daw Mrs Evans a Mrs Alder i mewn am eu dishgled wythnosol a'u holi wythnosol ynghylch y plant. Wy'n gweud bod y ddou yn cadw'n fishi ac yn gobitho dod am gino dydd Sul wythnos nesa. Fel bob wythnos, maen nhw'n gofyn beth yw eu hoedran nhw nawr, ac fel bob wythnos, maen nhw'n synnu at yr ateb. Sdim byd yn newid i rai. Ma' Mrs Evans yn 'yn atgoffa i taw yn y caffi 'ma gymerodd Luca'i game cynta. Gerddodd e o'r cownter i freichie agored Nonna. O'dd e'n ddeg mish o'd, a phawb yn y caffi'n clapo ac ynte wrth ei fodd gyda'r sylw. O'n i wedi anghofio am 'ny. Wy'n codi'n llawes at 'yn llygad i sychu'r deigryn.

Unwaith ifi setlo'r ddwy gyda dishgled o de a bobo *éclair* wrth y ffenest, wy'n troi at dasg o'n i wedi bod yn ei hosgoi. Wy'n estyn bocs cardbord mawr a *bubble wrap* o'r bac a mor ofalus a thyner ag y galla i, wy'n dechre paco'r llestri tsieina o res waelod y shilff. Ma'r lluwch yn arwydd fod rhain ddim wedi cael eu hestyn ers ache. Pan o'n i'n ifanc, o'n i'n meddwl eu bod nhw'n uffernol o salw, ond o edrych arnyn nhw nawr yng ngole caredicach canol o'd, man nhw'n itha pert – rhosod bach aur a dail du yw'r patrwm. Wy'n 'wthu'r lluwch oddi arnyn nhw, yn gweddïo nad yw'r pâr wrth y ffenest yn sylwi. Fel llucheden, wy'n cofio'r tro dwetha i fi eu gweld.

O'dd angladd Nonno'n enfawr; *real Italian affair*. O'n nhw 'di caead yr High Street am brynhawn cyfan. O'dd hi fel rasys Nos Galan; trigolion lleol a chwsmeried ffyddlon yn un rhes hir ar hyd y stryd yr holl ffordd lan i Llanwonno Road. O'dd pawb wedi dod i dalu teyrnged i Mr Bertorelli a ddaeth o Bardi i agor ei gaffi yn 1935, ac a fuodd yn un o gymeriadau Cwm Cynon ers 'ny.

O'dd Dadi dan deimlad a finne wedi bod yn llefen drwy'r bore. Ma'n od y pethe chi'n cofio. Wy'n cofio'r blode. Smo chi 'di gweld gyment o flode yn eich byw. Wy'n cofio Dadi'n dala'n llaw i yn y car yr holl ffordd o St Joseph's yn Aberdâr i'r caffi, a dala'n dynnach pan welodd e'r crowd ar hyd yr High Street. Wy'n cofio meddwl bod Dadi heb ddala'n llaw i fel 'na ers o'n i'n groten fach. Gariodd y bechgyn yr arch lawr o dop y stryd i'r caffi.

Angladd teulu o'dd e a da'th y llwyth cyfan 'nôl i'r caffi wedyn, plant ac wyrion Wncwl Jo a teulu Jeff i gyd. O'dd Janet a Mami wedi mynd ati i gasglu hen lunie a 'di neud arddangosfa fach hyfryd yn ffenest y siop. A gweud y gwir, dim ond wythnos dwetha dynnon ni'r ola' ohonyn nhw i lawr – llun du a gwyn o Nonno ac Wncwl Jo yn sefyll yn browd tu fas i'r siop yn eu siwts, a'r arwydd yn glir, glir, uwch eu penne er gwaethaf oedran y llun: Bertorelli's – Morning coffee, luncheons, teas.

Wy'n casglu llestri gwag o'r fordydd ac yn mynd â nhw drwy'r drws shiglo i'r gegin at Janet. Ma' tolc yn rhai o'r platie 'ma. Bydde Dadi'n tampan se fe'n eu gweld nhw. Tu ôl i'r drws ma' olion paent ar y wal. Sgwarie mawr o wahanol liwie, marŵn fel gwin coch, ryw lwyd ffres a melyn hafedd cynnes – *Florentine red, duckegg blue* a *honey* os cofia i'n iawn. Fi'n wherthin wrth gofio. Dyna pryd dries i ga'l Dadi i roi bach o *facelift* i'r hen le 'ma. O'n i'n trial dadle bod angen i'r hen bapur wal a'r holl bren a lleder fynd a bydde fe'n beth da i'r busnes 'sen ni'n buddsoddi mewn celfi newydd ac yn rhoi cot o baent i'r lle. O edrych 'nôl, fi'n credu taw whilo am brosiect newydd o'n i ar ôl i Nonna farw. O'dd meddwl am beintio 'myd i gyd yn lliw ffres newydd yn apelio'n fawr. Colli'r ddadl wnes i yn y pen draw wrth gwrs, a'r blocie paent yn arwydd parhaol o'r methiant.

\* \* \*

Am dri o'r gloch, wy'n troi'r arwydd ar y drws, wrth fynd â'r bagie sbwriel i'r bin mawr yn y gwli. Ma'r awel ysgafn yn braf ar 'y moche. Wy'n glanhau'r bordydd gyda'r cylchoedd a ddysgodd Nonna i fi. Wy'n codi'r cadeirie ac yn mopo'r llawr gyda'r un llwybrau dyfrllyd. Ar ôl cwpla, wy'n taflu'r dŵr brwnt i lawr y draen tu fas i'r siop ac yn golchi staen chŵd ryw gath ar y pafin. Ma'r stryd yn wag.

Ma' Janet yn cau'r gegin ac yn llenwi'r peiriant golchi llestri, cyn ffarwelio gyda cwtsh anghyfarwydd a 'ngadel i gyfri'r arian yn y til. Wy'n clywed sŵn y peiriant golchi'n chwyrnu'n dawel yn y gegin ac yn sylwi ar rywbeth wy erio'd wedi sylwi arno o'r bla'n. Ma'r deilsen ar y llawr tu ôl i'r til wedi sigo'n is na'r gweddill; blynydde maith o rywun yn sefyll ac yn neud yn union yr un peth â fi, siŵr o fod.

Wy'n citsho yn fy sbectol haul, cloi'r drws a chau'r caeade.
Ma'r aer yn gynnes o hyd a'r allweddi'n drwm yn 'y mhoced.
Wrth gerdded ma' rhife'r til a gwên falch Nonno'n creu
cysgodion ar y pafin, sy'n fy nilyn i yr holl ffordd sha thre.

# COMIN GELLIGAER

Ar y comin 'yn ges i'n macu. Ma'n anian i yn y gwynt sy'n 'wipo a 'ngarna i'n ddwfwn yn y pridd. Fi'n napod pob redynen a phob carreg; pob llyn a phob claish. Fan 'yn ni 'di bod ario'd.

Welws fy ngyndeidia wŷr yn gosod seilia Capal Gwladus ac yn claddu yng Ngarn Bugal. Ro'n ni 'ma pan gotws Rufeinied eu 'ewl o Gelligêr i Abarysgir. Welson ni dorri co'd a chwnnu tyrra dur. Ni 'di bod fan 'yn ers cyn co'.

'Co Cwm Rymni lowr fynne. Welwch chi'r afon? A'r llwybyr 'ne'n troi lowr sha Deri? A lan mynno ma Fochriw a Phontlotyn. A drew yn y pelltar, tu drew i Ffos y Frên, ma Dwlish a thre Merthyr.

Welwch chi'r barcut coch 'ne? 'Co fe'n esgyn cyn 'wylo lowr am Gwm Taf Bargod; draw sha Mynwent y Crynwyr, lle ma'r afon yn troi'n ddisymwth fal penelin ffidlar. Chi'n gweld lot ohonyn nw dyddie 'yn. Welwch chi'r tai 'na? Y resi 'ir yn croci'r tir? A'r ceir bech yn cyrchu sha bleina'r cwm?

Wrth gwrs, ma ddi'n lês lowr yn y cymydd 'na nawr. Dim byd ond glesni a sglein pontydd newydd, reit drew at y Banna. Ma'r aer yn lanach ac anadlu'n rwydd. Pan reda i nerth 'y men drew sha topia Bedlinog, ma'r gwynt yn brêf yng nghudynna 'ir 'yn fwng i. A'r awyr yn llawn cymyla can.

Ond dim wel'na o'dd petha, wrth gwrs, pan o'n i'n ebolas. O'dd y brynia 'na'n ddu slawer dydd, yr afonydd yn gopor, a'r aer yn drwm o luwch a sylffer. A'r bopol yn fishi. Dim ar y comin 'yn, wrth gwrs. Dim yn comin ni. Ni'n ry glou i'r düwch lan fan 'yn. Ry uchal. 'Di bod 'ma ers cyn cwnnu'r glo.

Cwnnwn ein penna i welad y sêr; yr un rhai ag a ddilynodd Coffin a Crawshay. Y sêr â'r aur ynddyn nw. Aur a ro's y byd cyfan ar dên ac a drodd y pridd yn goch â gwaed y gwithwyr.

Ond trodd y dilo bishi'n secur, ac yna'n 'en. Welson ni facad Edgar Evans yn cerad i'r seiat tanllyd tu fas i'r Station Hotel. A gwracedd yn cwnnu torcha a thowlu gwyngalch. Ni'n cofio moch y sgabs yn cael 'u ryddhau i'n comin ni, i farw.

Gl'won ni'r ymdeithgan, y band *jazz* a'r gymanfa yn cwnnu o'r pentra ishlaw. Ni'n cofio areth Hardie a MacDonald, a phreceth Evan Roberts; gwrichon 'u poer yn tascu i'r nen. 'U gira tên yn cyrradd y comin.

Welwch chi'r co'd drew fynna? Y pinwydd sy'n griba cyman ar y llethra uwch pen Pontlotyn? Milodd o resi brwd, wel milwyr. Ond gwamal yw 'u gwreiddia. Dicon 'ewdd fydda'u torri lawr a'u middu. Yna, raid ailblannu, aildyfu 'to. Pidwch â drysu rwng y resi 'yn a'r bedw a'r cyll, sy'n cwato yng ngeseilia'r cwm. Y deri annipen sy'n llety i'r atar gwyllt. 'U gwreiddia'n ddwfwn yn y fforest.

Ac os wnewch chi gewcu, welwch chi shwd ma rai brynia ishlaw yn dishgwl yn wahanol. Ar yr olwg ginta, man nw'n dishgwl fal 'u bytis. Ond ma'r rein yn wa'nol. Ma'r llethra'n sythach ac yn cwnnad fesul cam sha'r copa. Ma'r copa'n wastad ar bob un, fal talcan iêr. A ma rai yn uchal, uchal. A dy'n nw ddim yn wyrdd. Ma'r gwair arnyn nw'n felyn, fal alga ar lyn. Pidwch angofio, da chi. Sdim gwreiddia sad yn y pridd 'na. Nid craig yw e, ond slag.

# NYTHBRAN TERRACE, LLWYNCELYN

Du oedd yr awyr, y cymylau a'r tir. Wrth iddi edrych allan drwy ffenest ei llofft, gwelai'r tomenni yn edrych i lawr arni'n ormesol. Fyddai hi ddim yn gweld eu heisiau nhw.

Dechreuodd dynnu dillad o'r wardrob fawr yn y gornel. Fu hi erioed yn un am ddilyn y ffasiwn. Roedd llewys mawr a ffrogiau hir, di-siâp y ffasiwn ddiweddaraf yn boddi ei chorff main a'i nodweddion delicet. Roedd yn well ganddi hi siwtiau bach trwsiadus a blowsiau gyda choleri coeth. Bu'n gwisgo'r rheiny ers iddi fod yn ei harddegau. Byddai'n beth da cael gwared ar rai o'r dillad a oedd wedi mynd yn rhy anniben; rhai o'r esgidiau a oedd wedi gweld dyddiau gwell. Efallai gallai ddarbwyllo Owen i'w thretio i ambell ddilledyn newydd ar gyfer glan y môr.

Drwy ras, fyddai dim gormod o stwff ganddi i'w bacio, ar wahân i'r celfi a'r llestri arferol. Llyfrau oedd y mwyafrif, ac ambell fâs a thlws a gafodd ar ôl ei mam. Fu hi erioed yn un am hel 'fflwcs' fel y byddai hi'n eu galw. Po fwyaf o stwff sydd gyda chi, y mwyaf o waith pacio sydd gyda chi. Byddai angen iddi siarsio Gareth i bacio ei stwff ef, ond roedd hi'n gwybod y byddai hynny'n ormod i'w ofyn; mynd ar ryw berwyl drwg gyda'i ffrindiau fyddai'r flaenoriaeth iddo.

Roedd hi'n brysur yn tynnu llwch oddi ar y ford wisgo pan glywodd gnoc ar y drws. Ochneidiodd cyn troedio'n ddig i lawr y grisiau i'w ateb. Mrs Evans oedd yno; wedi dod i fusnesu mae'n siŵr.

"Good morning, Mrs Murphy. How are you? Now I know you've got a lot on with everything, but you don't happen to have that Tupperware I borrowed you when I brought you the bread pudding, do you? You've had it a while now and I know you wouldn't want to forget about it."

Yn ddigon ffodus, wrth wagio cypyrddau'r gegin ychydig ddyddiau ynghynt, roedd hi wedi dod ar draws y focsen blastig â M.E. Evans wedi'i sgrolio'n benderfynol arni. Roedd hi wedi'i gosod ar y cwpwrdd yn y pasej i erfyn ei pherchennog. Stwffiodd y focsen i fynwes Mrs Evans, a gwneud ei hesgusodion, cyn cau'r drws. Fyddai hi ddim yn gweld eisiau Mrs Evans chwaith.

Dychwelodd i'w llofft a dechrau casglu'r llyfrau a oedd yn bentwr anniben ar y gwely a'u gosod yn daclus yn y gist. Gwenodd yn hiraethus wrth fyseddu tudalennau di-raen *To The Lighthouse* gan Virginia Woolf, ei hoff lyfr yn y byd, cyn ei osod yn ofalus gyda'r lleill.

Doedd hi ddim yn un am aros yn yr un lle yn hir. Doedd hi ddim wir yn gwybod sut i wneud hynny. Dyna'r unig fywyd yr oedd yn gyfarwydd ag ef. Gorsaf-feistr oedd ei thad, felly bu ei phlentyndod yn un siwrne hir o gyfarch a ffarwelio – Porthcawl, Casnewydd, Blaenau Ffestiniog,

Henffordd, Y Porth. Doedd hi erioed wedi cael sefyll yn unman yn ddigon hir i fagu acen na ffrindiau. Byddai plant lleol yn gwneud hwyl am ben y ferch newydd â'r Saesneg crand a'r sbectol drwchus. Ond y gwir amdani oedd, doedd fawr o angen ffrindiau arni. Roedd hi'n ddigon hapus gyda'i llyfrau, a chwmni ei mam a'i thad. Dim ond un peth arall i'w dendio oedd ffrind, fel blodyn mewn gardd. Nid ei gardd hi wrth gwrs; doedd dim amser nac amynedd ganddi hi i dyfu blodau.

Arolygwr Diogelwch gyda'r Bwrdd Glo oedd Owen, ac ar ôl priodi, symudon nhw yn ôl i'r Rhondda ac i dŷ teras bach twt yn Llwyncelyn. I ddechrau, roedd hi wrth ei bodd yn cael chwarae tŷ –peintio'r waliau; glanhau'r lludw o'r grât; paratoi prydau i'w gŵr newydd.

A phan ddaeth Susan a Gareth cyn pen ychydig flynyddoedd, aeth hi'n anodd dychmygu hel pac a symud. I ddechrau, ymgollodd yn y gwaith o fagu plant bach a chadw tŷ. Wrth i'r blynyddoedd dreiglo – ac er syndod iddi – aeth hi'n sownd yn llaid cyfeillgarwch a dyletswydd. Roedd ei phlant yn gwneud yn dda yn yr ysgol ac wedi gwneud ffrindiau. Dyna a'i cadwodd yng nghesail y bryniau hyn.

Ond bellach, gydag Owen wedi ymddeol, roedd hi'n bryd cael antur ryfedd, newydd. Buon nhw – wel, hithau mewn gwirionedd – yn breuddwydio am flynyddoedd am redeg gwesty bach ar lan y môr, ymhell o'r mwg a'r tipiau glo.

Hi a fyddai'n rhedeg y gegin ac yn glanhau'r ystafelloedd, ac Owen a fyddai'n gyfrifol am gadw'r bar ac am drefnu'r gwaith papur a chadw'r cyfrifon. Roedd hi'n gogyddes heb ei hail ac roedd yn un dda am gadw trefn. A doedd dim ofn gwaith caled arni. Roedd hi wedi cael tipyn o arian pan fu farw ei mam a phe bydden nhw'n gwerthu'r tŷ yn Llwyncelyn byddai ganddyn nhw ddigon o arian i brynu gwesty bach a chael dwy forwyn i helpu. Pa well ffordd o ddathlu ei phen-blwydd yn hanner cant na mynd i fyw yn Ninbych-y-pysgod?

Wrth gwrs, byddai'r penderfyniad yn ergyd drom i Susan, a oedd siŵr o fod yn gobeithio y byddai ei mam o gwmpas y lle i helpu gyda'r babi. Yn annhebyg i'w mam, un â'i phryd ar fagu gwreiddiau oedd Susan. Erbyn ei phen-blwydd yn ugain oed roedd hi'n briod ac wedi setlo ym Mhen-y-graig gyda'i gŵr a'i babi newydd, a dim bwriad yn y byd i symud.

Ond fu hi ei hun erioed yn un am fabis. Wrth gwrs, gwnaeth ei gorau gyda'i babis ei hun ond fyddai hi ddim yn ei disgrifio'i hun fel mam naturiol. Ac mae'n siŵr y byddai Susan a Gareth yn cytuno â hynny. Roedd meddwl am fynd yn ôl i ferwi cewynnau mewn bwced a chael babi'n cropian wrth ei thraed byth a beunydd yn ei blino.

Wrth gwrs, byddai Dinbych-y-pysgod yn lle delfrydol i gael dod â'r un bach am wyliau rhad yn yr haf. Byddai Susan yn siŵr o ddiolch iddi yn y pen draw.

\* \* \*

Am y tro, nid oedd angen iddi feddwl am unrhyw un arall. Gallai hi fod yn hi ei hun, ar ei phen ei hun. Gorweddodd yn y tawelwch y bu'n dyheu amdano. Tawelwch bendigedig. Roedd hi wedi tretio'i hun i wely haul blodeuog a hwn oedd ei thro cyntaf yn ei brofi yn yr ardd gefn. Gyda sbectol haul am ei thrwyn a llyfr ar ei brest, roedd hi'n mwynhau gwawch y gwylanod mewn harmoni â'r gerddoriaeth glasurol a oedd yn chwythu o'r gegin. Wrth ei hymyl roedd gwydraid o Piña Colada, yr arogl, yn gymysg â'r heli, a oedd yn codi chwant bwyd arni. Roedd ganddi ryw awr tan fod y gwesteion nesaf yn cyrraedd ac roedd Owen, gyda help merch leol o'r enw Angela a oedd wedi dod yn forwyn iddyn nhw, wrthi'n brysur yn paratoi'r llofftydd. Cymerodd anadl ddofn wrth wylio'r cymylau'n hwylio ar hyd yr awyr las, ddiddiwedd.

\* \* \*

Roedd hi'n effro ers pump o'r gloch. Dyna oedd yr arfer erbyn hyn. Doedd hi erioed wedi bod yn dda iawn yn y boreau. Hyd yn oed pan oedd y plant yn fach, byddai'n ei chael hi'n anodd llusgo'i hun o'i gwely i'w bwydo a'u gwisgo. A hithau bellach yn hŷn o lawer, roedd hi hyd yn oed yn anos codi a throi at waith.

Pan gyrhaeddodd Nel roedd hi wrthi'n estyn y llestri brecwast ac yn gosod y grawnfwyd, y sudd a'r te a'r coffi yn yr ystafell fwyta. Gadawodd Nel i osod y bordydd a disgwyl y gwesteion, a dychwelodd hi i gegin i danio'r stof a chynhesu'r ffrimpan. Yna, roedd hi'n ddawns orffwyll o ffrio wyau a chig moch a throi'r uwd, wrth feddwl am beth fyddai ei angen ar gyfer y cinio. Roedd tri phâr yn aros gyda nhw'r penwythnos hwnnw, pob un yn *full board*. Wedi i Nel glirio'r platiau a'u golchi, cafodd y ddwy gwpanaid o de cyflym heb yngan yr un gair wrth ei gilydd. Tra oedd Nel yn brysur yn cadw'r platiau brecwast, brathodd selsigen nad oedd neb wedi'i chyffwrdd. Roedd hi jest â llwgu.

Bron cyn gynted ag yr oedd y te wedi cael cyfle i wlychu

ei chorn gwddf, roedd hi'n amser torri llysiau ar gyfer y cinio. Roedd y fan ffrwythau a llysiau newydd newydd alw gyda thomen o domatos ffres felly penderfynodd ar gawl tomato a bara menyn. Aeth yr amser cinio rhagddo yn dawch o stêm a straen, gyda hi a Nel yn paratoi ac yn gweini.

Roedd y gwesty'n un tri llawr, gyda chwe ystafell wely i gyd. Roedd yr ystafell fwyta ar y llawr cyntaf ac felly byddai'n rhaid iddi hi a Nel gario'r platiau a'r hambyrddau i fyny ac i lawr o'r gegin yn y selar ddwsinau o weithiau bob dydd. Shelbourne House oedd enw'r gwesty, ond roedd yr enw yn gwneud iddo swnio'n fwy crand nag ydoedd. Roedden nhw wedi prynu'r lle gan hen gwpwl a fu yno ers y pedwardegau. Roedd yn amlwg iddo fod yn lle go drawiadol ar un adeg, gyda gwaith mowldin cain a llefydd tân marmor, ond erbyn hyn roedd y papur wal yn dechrau plicio ac ôl lleithder yn rhai o'r ystafelloedd yn y to. Ei bwriad hi ac Owen oedd treulio peth amser yn adnewyddu, unwaith iddynt wneud ychydig o elw dros fisoedd yr haf.

Edrychodd ar y cloc ar wal y gegin a phenderfynu y byddai ganddi ddigon o amser i gael ychydig o awyr iach cyn bod angen dechrau paratoi swper. Roedd hi wedi ymlâdd yn barod ac roedd oriau i fynd o hyd tan y byddai'n gweld ei gwely. Fel arfer, yn enwedig dros y Sul, byddai Owen yn mynnu diddanu'r gwesteion o amgylch y piano mewn cwmwl o fwg sigaréts, a gwydraid mawr o frandi wrth ei ystlys. Gallai'r diddanu bara tan yr oriau mân yn hawdd.

Wrth iddi adael drwy ddrws y gegin, tarodd ar Gareth yn neidio dros y wal i'r ardd. Roedd e wedi colli'i wynt yn llwyr. Pan holodd hi ynghylch hynny, atebodd e ddim, dim ond grwntach ac anelu'n syth am y grisiau. Ychydig eiliadau wedyn clywodd glep drws llofft ei mab a drôn yr un hen gân roc.

Cerddodd i lawr y llwybr drwy'r ardd at y gât ac i gyfeiriad y môr.

\* \* \*

Edrychai'r môr yn oer ac yn bell i ffwrdd. Roedd yr heli'n llosgi ei gwefusau a sŵn y tonnau'n fwy o rwnan diflino na suo cysurlon. Doedd hi ddim wedi gweld Owen drwy'r dydd. Mae'n siŵr ei fod wrthi'n dangos ei hun wrth y tân yn y Coach and Horses, meddyliodd.

O'r fan y safai ar ben y clogwyn, gallai weld Ynys y Santes Catrin o'i blaen, ac y tu hwnt i honno, Ynys Bŷr. Tybed sut oedd y mynachod yno'n teimlo o fod yn sownd ar ynys anghysbell, heb allu dianc, a dim ond ei gilydd yn gwmni? Yr un hen olygfa bob dydd, yr un hen sgwrs. Edrychodd ar ei horiawr a chymryd anadl ddofn. Roedd hi'n bryd ei throi hi am y gwesty.

Pan gyrhaeddodd yn ôl doedd dim golwg o Nel; roedd y gegin yn wag. Aeth i fyny'r grisiau a rhoi ei thrwyn i mewn i'r ystafell fwyta i chwilio amdani. Dim ond Gareth oedd yno, yn eistedd wrth y piano, ei ben yn pwyso ar y nodau. Roedd yn crio. Trodd hi ar ei sawdl a dechrau cerdded i ffwrdd yn ddistaw rhag iddo ei chlywed, cyn meddwl eilwaith a throi yn ôl at ei mab.

Cafodd gip arni hi ei hun yn adlewyrchiad y ffenest. Doedd hi ddim yn ei hadnabod ei hun. Roedd ei gwallt hir yn nyth anniben am ei phen ac roedd esgyrn ei hysgwyddau'n amlwg. Cofleidiodd Gareth mor dynn nes ei fod yn rhoi loes.

\* \* \*

Doedd arni ddim awydd trefnu parti o gwbl, a go brin fod ganddi amser, ond roedd euogrwydd yn cnoi. Roedden nhw wedi symud eu plentyn ieuengaf oddi wrth ei ffrindiau a'r unig gartref a fu ganddo erioed, ac yn amlwg doedd Gareth ddim yn ymdopi cystal ag yr oedden nhw wedi ei obeithio.

Drwy ryw ddiflas wyrth, roedd pawb yn y stryd wedi derbyn y gwahoddiad. Roedd yn amlwg fod y menywod eisiau busnesu ar y gwaith roedden nhw wedi'i wneud i'r gwesty, nad oedd yn llawer mewn gwirionedd. Ac mae'n debyg nad oedd angen llawer o esgus ar y dynion i lenwi eu boliau am ddim.

Bu wrthi'n paratoi'r bwyd ers wythnosau a bu'n rhaid i westeion y gwesty wneud y tro gyda'i harbrofion bwyd parti. Roedd y bwffe'n llawn o'r seigiau bwyd parti yr oedd wedi darllen amdanyn nhw yn y cylchgronau – draenog caws a phinafal, peli caws, *prawn cocktail*, seleri wedi'i stwffio ag olewydd, cacenni pysgod, a darnau bach o fara wedi'u crasu o'r enw *crostini*. Roedd hi am wneud argraff dda a bu hi a Nel wrthi fel lladd nadroedd.

Roedd Gareth wedi dod o hyd i ryw belen ddisgo yn rhywle ac roedd hi wedi hongian goleuadau llinyn ar draws y canwyllbrennau yn yr ystafell fwyta. A balŵns; roedd hi wedi prynu llawer gormod o falŵns. Cymerodd oriau i Nel a Gareth eu chwythu i gyd a'u clymu i'r nenfwd yn yr ystafell fwyta a'r cyntedd. Roedd Owen, chwarae teg iddo, wedi ymatal rhag y Coach and Horses y prynhawn hwnnw ac wedi helpu i symud y celfi i wneud mwy o le i ddawnsio a sgwrsio. Gareth oedd yn gyfrifol am y miwsig, ac roedd wedi dod â'i recordiau i lawr o'i lofft. Doedd y roc trwm ddim yn wir yn gweddu'r awyrgylch yr oedd hi wedi'i fwriadu ar gyfer y parti, ond roedd Gareth yn amlwg wrth ei fodd, ac roedd yn braf ei weld yn gwenu.

Tasg anodd oedd dod o hyd i ddillad smart a oedd yn dal i'w ffitio, ond penderfynodd yn y diwedd ar ffrog shifft liw emrallt a choler a chyffs gwyn. Ôl-gribodd ei gwallt nes ei fod yn anferth gyda help can cyfan o chwistrell gwallt i'w ddal yn ei le. Edrychodd arni hi ei hun yn y drych wrth y ford wisgo a gweld, er gwaethaf ei hymdrechion, hen wraig yn syllu nôl.

Roedd y stryd gyfan wedi dod, Mr a Mrs Anderson; Mr a Mrs Williams a'i merch Rhianedd; Mr Jones y bwtsiwr a Miss Benjamin, athrawes ysgol a oedd yn byw mewn fflat uwchben y siop gig. Roedd y gwesteion a oedd yn aros gyda nhw'r penwythnos hwnnw, Mr a Mrs Buttershaw o Swydd Efrog, hefyd wedi derbyn y gwahoddiad poléit i ymuno yn yr ystafell fwyta am fwyd, diod ac ychydig o gerddoriaeth.

Wnaeth pethau ddim dechrau'n wych, pan ofynnodd Mr Jones iddi o le'r oedd hi wedi cael y cig ar gyfer ei sosej rôls. Ond daeth Owen i'r adwy i ail-lenwi gwydraid whisgi Mr Jones cyn iddi gael cyfle i ateb. Roedd yn amlwg fod y gwragedd yn ei hastudio'n fanwl, ac yn sylwi ar bob un blewyn ar ei phen hi a phob symudiad a wnâi. Dechreuodd deimlo'n simsan.

Sylwodd hi ddim fod Owen ei hun yn dechrau simsanu. Roedd wedi bod y tu ôl i'r bar am oriau cyn i'r parti ddechrau yn llowcio brandi ac roedd Gareth a'i ffrindiau wedi bod yn gwneud yr un peth gyda'r cwrw yn y sied.

Trodd Gareth y miwsig yn uchel, uchel, ac roedd e a'i

ffrindiau'n meddwl y byddai'n syniad da cynnau matsis i losgi'r balŵns. Bob tro byddai balŵn yn clecian byddai Mrs Williams yn neidio o'i chadair, a thri chrwtyn yn pwffian chwerthin o'r tu ôl i'r llenni. Yn fuan wedi hynny, gadawodd Mr a Mrs Williams gan ymddiheuro'n llaes. Doedd ei nerfau ddim cystal ag y buon nhw ac roedd hi'n mynd yn hwyr.

Aeth pethau o ddrwg i waeth pan ddechreuodd Owen – sosialydd pybyr ers ei arddegau – gweryla'n chwyrn am wleidyddiaeth gyda'r Tori rhonc, Mr Anderson.

"What about those awful miners? Lazy and greedy if you ask me. Striking for more money all the time. We all have to work hard in this life. You know what I'm talking about? They're nothing but saboteurs, sabotaging the economy. I bet you're glad to get away from it all."

Ceisiodd ei gorau i ddal llygaid ei gŵr er mwyn ymbil arno i beidio ag ymateb, i beidio â llyncu'r abwyd. Ond, doedd dim gobaith dal llygaid a oedd mor llawn o frandi.

"You haven't got the first clue what it's like for those miners. To have your whole way of life – your whole world – sold off like it doesn't mean a thing. You're nothing but Tory scum."

Ac ar hynny, chwydodd Gareth dros y llawr i gyd, ac ar ben esgidiau Mrs Buttershaw.

Roedd ei holl waith caled – yn llythrennol – yn awr yn llanast dros y carped. Galwodd ar Nel i estyn bwced o ddŵr a chlwtyn. Wrthi iddi gasglu'r darnau mawr o *crostini* a'u lluchio i'r bwced, bachodd Miss Benjamin ar y cyfle i droi'r gyllell ac i wneud pethau'n waeth fyth.

I gyfeiliant chwydu ffyrnig ei mab, dechreuodd Miss Benjamin esbonio ei bod wedi dod i'r parti er mwyn cael gair gyda hi am Gareth. Mae'n debyg ei fod wedi colli ysgol sawl gwaith ers dechrau'r tymor a bod ei agwedd at athrawon yn gwbl annerbyniol. Os nad oedd yn mynd i newid ei ffordd, fyddai gan Mr Jones y Prifathro ddim dewis ond ei ddiarddel. Dywedodd nad oedd yn siŵr ai Greenhill oedd y lle i Gareth wedi'r cwbl.

A dyna pryd aeth y cyfan yn drech na hi. Roedd yr ystafell yn troi, y miwsig yn fyddarol a'i phen yn curo. Roedd hi eisiau crio ond feiddiai hi ddim gyda llygaid llym y gwragedd yn dal i rythu arni. Cododd, rhoi pwniad i sefydlogi'r nyth am ei phen, a cherdded yn ddistaw a llonydd i'r cyntedd, y bwced a'r clwtyn chwydlyd yn ei llaw o hyd. Gosododd y bwced ar y llawr, cau ei llygaid a phwyso ei phen ar wydr oer y drws ffrynt.

Roedd ei bochau'n llosgi. Roedd hi'n llwgu ac roedd hi wedi blino'n llwyr. Roedd sgrech y gwylanod yn cyniwair yn ei phen yn dragywydd. A doedd hi ddim yn gallu dod o hyd i'w hoff lyfr. Roedd hi'n gwybod yn bendant ei bod hi wedi pacio *To The Lighthouse*, ond doedd dim golwg ohono ers iddi gyrraedd. Ac allai hi ddim dioddef y peth. Nid fod ganddi amser i ddarllen. Roedd hi wedi cael llond bola o fod yn gaeth i'r gegin yn y seler o fore gwyn tan nos. Roedd ei dwylo'n goch ac wedi chwyddo oherwydd yr holl goginio a'r holl lanhau. Doedd Gareth ddim wedi setlo ac Owen yn yfed unrhyw elw yr oedden nhw'n ei wneud. Er gwaethaf mynychwyr parod y parti, doedd hi erioed wedi teimlo mor unig. Roedd hi wedi cael digon ar yr acenion Seisnig a gwynt cas y môr. Roedd y tai tref lliwgar yn siriol eu golwg ond roedd pob drws ynghau. Ond y peth gwaethaf oedd yr awyr. Roedd gormod o lawer o awyr fan hyn. Weithiau roedd ofn arni y byddai'n boddi ynddo'n llwyr. Am y tro cyntaf yn ei bywyd, roedd hi am fynd sha thre.

* * *

Caeodd y gist lawn llyfrau, gan adael *To The Lighthouse* yn dwt ar ben y lleill, a'i gosod o dan y gwely. Clywodd Owen yn dod i mewn drwy'r drws ffrynt dan chwibanu. Roedd prynhawn yn y clwb gyda'i fytis yn amlwg wedi ei sirioli. Twtiodd ei gwallt yn y drych ar y ford wisgo cyn ymuno â'i gŵr yn y gegin fawr. Roedd y planhigion newydd yn edrych yn hyfryd, wedi'u gosod yma ac acw o amgylch y tŷ teras clyd. Roedd Owen wedi codi silffoedd iddi o boptu'r lle tân, ac roedd y rheiny'n llawn o lyfrau, a thlysau ei mam. Roedd Owen yn awr yn eistedd yn ei gadair freichiau'n darllen *The Morning Star* ac yn dal i chwibanu ac roedd Gareth yn gorwedd ar y soffa. Rhoddodd hi broc i'r tân, a mwynhau ei glecian cyfarwydd.

Uwchben y lle tân roedd llun mawr o Ddinbych-y-pysgod, yr adeiladau lliwgar a'r traeth hufennog oddi tano. Ar ochr chwith y llun, roedd bryn uchel ac adfeilion y castell arno, a môr garw islaw. O edrych ar y llun yn fanwl wrth osod y procer yn ôl wrth ymyl y tân, gwelodd rywbeth am y tro cyntaf. Ar ymyl y clogwyn, ger y castell, roedd ffigwr yn edrych traw tuag at Ynys y Santes Catrin.

"Llun da nagyw e?" ebychodd ei gŵr, heb dynnu ei lygaid oddi ar y papur.

"Ody. Ma'n berffeth," atebodd hithau.

Roedd cerddoriaeth glasurol o'r weirles yn y gornel yn cynhesu'r lle. Siarsiodd Gareth i symud er mwyn iddi allu tacluso'r soffa gan ysgwyd y clustogau newydd blodeuog roedd hi wedi'u prynu ym marchnad Pontypridd. Ochneidiodd y mab ac yna ufuddhau a chodi, cyn cofleidio'i fam dan chwerthin.

Byddai Susan a'r babi yn dod am de yn nes ymlaen ac roedd hi am roi cynnig ar bryd bwyd Morocaidd roedd hi wedi'i weld mewn cylchgrawn. Byddai Owen yn siŵr o gwyno am hynny; dyn cig a llysiau oedd ef, ond gwyddai y byddai'n ei fwyta'n anfodlon.

Aeth i'r gegin i danio'r tegell ac estyn y botel laeth o'r oergell i wneud cwpanaid i'r tri ohonyn nhw. Ar silff waelod yr oergell gwelodd darten afal; un roedd hi wedi'i gwneud y diwrnod cynt i'w chael yn bwdin amser te. Roedd yn rhaid iddi gyfaddef, roedd yn edrych yn fendigedig gyda'r grisialau bach euraidd yn pefrio ar ben y crwst. Clywodd ei bola'n achwyn. Estynnodd y darten, a throi at y drôr i estyn cyllell, ond meddyliodd eilwaith. Caeodd y drôr, a mynd â'r darten allan i'r stryd a rhoi cnoc ar ddrws Mrs Evans.

# CLWB RYGBI
# BEDLINOG

"Now the thing is with oranges see Sandy – and no disrespect to you – you get one, and it can be juicy, sweet, absolutely delicious, and then you can get another, and it be absolutely 'orrible. And there's no way of really tellin' until you've sunk your teeth into it, and by then you've already bought the bugger. Now with a bag of Scampi Fries, you can guarantee it tastes exactly the same every time. No question."

Estynnodd y meddwyn greisionen o'r cwdyn a'i dal i fyny at y golau uwchben y bar fel pe bai'n archwilio gem werthfawr, cyn ei thaflu i'w geg dan glegar. Er ei bod hi'n nos Sadwrn ym mis Tachwedd, roedd hi'n dawel yn y clwb. Ar wahân i'r ddau wrth y bar, yr unig yfwyr eraill oedd criw o fechgyn yn chwarae darts yn y gornel bellaf. Roedd y lle'n debygol o brysuro cyn hir wedi i'r tîm rygbi ddychwelyd o'u gêm yn erbyn Senghennydd.

Roedd bola Meg yn troi. Wrth ordro peint, crynodd ei ffôn gyda neges destun gan y banc yn dweud ei bod yn agosáu at ddiwedd y gorddrafft. Gofynnodd am hanner yn lle'r peint ac anelu am ford yn y gornel.

Doedd y lle ddim wedi newid o gwbl. Yr un meinciau brown; yr un bordydd main fformica; yr un rhesi o luniau, tlysau a rhestrau anrhydeddau ar y wal. Yr un arogl hefyd; cyfuniad o fwd, chwys a lager. Ceisiodd Meg gofio'r tro diwethaf iddi fod yno. Parti diwedd Lefel A mae'n siŵr. Roedd hwnnw'n barti a hanner; tan i ffeit ddechrau rhwng bois Bedlinog a bois Nelson – a chriw Nelson yn cael eu gwahardd am oes.

Cymerodd lymaid o'r seidr a dal edrychiad y boi y tu ôl i'r bar. Roedd hi'n siŵr ei fod yn yr ysgol gyda hi; flwyddyn yn hŷn efallai. Cododd ryw atgof i'r wyneb o bwll y cof; y ddau ohonyn nhw'n snogio ar ôl yfed fflagen o White Lightning ar sgwâr Treharris. Gwenodd arno'n swil.

Roedd hi'n rhyddhad gweld Lisa'n camu drwy'r drws. Wrth iddi agosáu, clywodd glicio ei sodlau ar y teils ac arogl sigaréts a sent fanila. Roedd Lisa wedi gwneud llawer gormod o ymdrech ar gyfer noson yn y clwb rygbi, meddyliodd Meg, a oedd yn gwisgo dim ond legins a hwdi – ond efallai mai hi oedd wedi bod i ffwrdd yn rhy hir. Roedd wyneb ei chyfaill yn gacen o golur a oedd yn rhy dywyll iddi.

"Lisa!" mentrodd yn orfrwdfrydig.

"Hei Meg," atebodd hithau.

Cododd Meg i'w chofleidio a rhoes hithau ei llaw ar ei chefn. Diolch byth, meddyliodd Meg.

"Ti'n edrych yn biwtiffwl. Drinc?"

"Diolch. O ie plis, *gin and tonic*."

"Dybl?"

"O ie, *definitely*."

Cododd Meg o'r bwrdd a mynd at y bar. Gofynnodd am fodca iddi hi ei hun hefyd a rhoi clec iddo cyn dychwelyd at y ford gyda'r diodydd.

"Ma' mor lysh gweld ti, Lis," meddai Meg yn ddiffuant.

Gwenodd Lisa. Oedd y wên yna'n ffals tybed?

"So ers pryd ti nôl?" holodd Lisa.

"Tua pythefnos? Ma' Bangor yn *dead* pan sdim stiwdants 'na."

"Bet bo Sandra a Brian yn falch o gael ti 'nôl."

"Ydyn, *kind of*. Sa i'n credu o'dd hi'n *impressed* gyda'r holl olch des i 'nôl gyda fi *mind,* ond mae'n gymaint o *pain in the arse* carto dillad i'r *launderette*."

"Fi'n credu bydde mam fi'n lyfo fe. Mae hi'n lyfo neud golch. Mae hi'n gweld e fel *personal challenge* i neud *ridiculous pile* o olch mor glou ag mae'n *possibly* gallu, jest *to prove a point like*. A dim jest golchi'r dillad. Golchi, sychu, smwddo, *the lot*."

Chwarddodd Meg mewn ymateb, "Ma' mam ti'n *legend!*"

"Tria fyw gartre gyda hi pan ti'n ddau ddeg un. Dyw e ddim yn jôc."

"Ti'n gweithio Lis?"

"Ie fi'n gweithio yn yr *old people's 'ome* yna yn Nelson. Maes-y-coed? Nage dyna le o'dd Anti Maudie ti?"

"O ie, fi'n gwybod. Ti'n mwynhau e?"

"Na, dim rili. Wel, ma'n iawn. Ma'r hen bobol yn *class*, ond ma'r arian yn *shit*. Ond ma' nhw'n talu i fi neud diploma mewn Health and Social Care, so ma' hwnna'n rhywbeth."

"O reit. Yn y coleg ti'n neud hwnna?" gofynnodd Meg, i geisio cadw'r sgwrs i dician.

"Ie, yn Ystrad. Fi'n cael bob dydd Mercher bant i neud e.

Ar ôl popeth gyda dad fi o'n i'n *used* i sychu penole. So ar ôl iddo fe fynd, o'n i'n meddwl *why not*. *Beats* gwerthu cabej yn y siop i'r mochyn yna."

"Shsh, ma' fe reit fynna gyda Dennis," rhybuddiodd, gan daflu ei phen i gyfeiriad y bar.

"*Couldn't give a shit,* Meg. Eniwei, dyw e ddim yn deall Cymraeg. Dyle fe fod yn *locked up. Pervert!*"

Doedd hi ddim yn synnu. Roedd gan Sandy enw yn y pentref am fod yn hen gi gyda'r merched a weithiai iddo. Roedd rhyw si ei fod wedi cael ei arestio am y peth rywdro ond doedd hi ddim yn siŵr a ddaeth unrhyw beth o hynny. Newidiodd Lisa drywydd y sgwrs.

"Ma' un boi yn y cartref – Stanley – ma' fe'n *absoutely* lysh. Sen i'n gallu siarad 'da fe am oriau. O'dd e'n *mega active* yn y Miners Strike. Aeth e i'r carchar a phopeth am ymladd gyda'r moch. Ma'r boi yn *legend*. Ma'n cael fi mewn *stitches* bob tro."

"O't ti wastad yn lico hanes yn yr ysgol. Ti'n cofio? Gyda Mr Rowlands?"

"Dim ond achos o'n i'n ffansïo fe yn Blwyddyn 9!"

Chwarddodd y ddwy. Roedd chwerthin gyda Lisa'n teimlo'n braf, fel camu i hen esgid. Soniodd Lisa am ei bwriad i fynd i Zante gyda chriw o'r coleg ym mis Medi a holodd am gwrs Meg ym Mangor. Esboniodd Lisa brosiect diweddaraf ei brawd bach; creu fideos TikTok am y pethau rhyfedd roedd pobl yn eu gadael ar ochr y ffordd. Wrth i'r ddwy bori drwy ei fideos ar ffôn Lisa, chwarddodd Meg gymaint nes bod seidr yn dod allan o'i thrwyn. Suddodd y blynyddoedd i waelod ei phedwerydd peint. Roedd pethau'n mynd mor dda. Bachodd Meg ar saib yn y chwerthin a phlwc o'r seidr.

"Diolch am ddod heno, Lis. Fi jest eisiau gweud bo fi'n sori".

"Meg, fi rili ddim eisiau siarad am y peth," atebodd hithau, gan ddechrau chwilio'n ddwys am ddim byd yn ei bag.

"Fi'n gwybod. Fi jest eisiau gweud bo fi'n sori," ailadroddodd Meg y frawddeg o'r sgript yn ei phen.

"O'dd e sbel yn ôl. *Let's just* gadael e."

"Fi 'di meddwl am y noson 'na bob dydd."

"A ti ddim yn meddwl bo fi wedi?!" fflachiodd Lisa'n flin. Roedd y clwb wedi prysuro erbyn hyn ac roedd y bois rygbi wrth y bar yn gwrando ar bob gair a'r criw darts wedi rhoi'r gorau i'w gêm i fusnesu.

"Wrth gwrs. Jest, ma' dod 'nôl fan hyn ... ma' fe mor *weird*. Ma'n dod â popeth 'nôl. 'S'dim byd wedi newid."

"Ma' un peth wedi newid!" bloeddiodd Lisa. "Ti 'di cerdded lawr Hylton Terrace ers ti ddod 'nôl?"

"Wrth gwrs bo fi ddim."

"Wel ti'n gwbod be' sy 'na nawr?! Wyt ti? Gap masif lle o'dd Rhif 7 arfer bod!"

"Damwain o'dd hi Lis!"

"Ie, fi'n gwbod, *one 'ell of a* damwain!"

Roedd y ddwy yn gweiddi erbyn hyn.

"*Calm down now ladies, let's all 'ave a drink,*" cynigiodd Sandy â'i wên yn feddw.

Cododd Lisa ac anelu am y toiledau, ei sodlau'n clecian yn gandryll. Aeth Meg ar ei hôl hi, gan anwybyddu'r llygaid o gyfeiriad y bar.

\* \* \*

Roedd ei phen yn troi ac roedd hi'n teimlo fel pe bai ar fin chwydu. Eisteddodd Meg ar y toiled a phwyso ei phen yn erbyn ochr y ciwbicl. Roedd Lisa wedi'i chloi ei hun yn y ciwbicl nesaf. Aeth munudau hir heibio a'r unig sŵn oedd diferion yn disgyn o'r tap a dwndwr myglyd o'r bar.

Ffrwydrodd Lisa o'r ciwbicl. "*Fuck it*. Os ti eisiau siarad amdano fe, *let's do it!*"

Aeth Lisa at y sinc ac edrych i fyw ei llygaid drwy'r drych. Cododd Meg a sefyll wrth ymyl Lisa, a'i phen yn dal i droi. Aeth Lisa amdani.

"'Nes i 'weud wrthot ti am beidio cyffwrdd y stôf 'na, Meg. 'Nes i 'weud wrthot ti bo ni gyd yn rhy *pissed*. Ond na, o'dd rhaid ti showo bant o flaen Ben a bytis fe. *I fuckin' knew* bod rhywbeth yn mynd i ddigwydd."

"O'n i'n *hammered*, Lisa!"

"*Exactly!* O'n ni i gyd yn *shit faced!* A 'nest ti jest gadael ni!"

"Na! Gad fi esbonio. O'n i ddim yn cofio bod Dad ti 'na. O'n i'n meddwl bo ti reit tu ôl i fi. Erbyn i fi sylweddoli bo ti ddim, o'dd hi'n rhy hwyr. Fi mor blydi sori Lis."

Aeth Lisa at ddrws yr ystafell a'i gloi. Yna, agorodd y tap a gadael i'r dŵr poeth lifo. Estynnodd wad o bapur tŷ bach a'i wlychu yn y dŵr poeth. Dechreuodd rwbio'r colur oddi ar ei hwyneb yn arw, gan droi'r dŵr yn fwdlyd. Yn raddol drwy'r stêm a godai o'r sinc, ymddangosodd craith goch ar hyd ochr dde ei hwyneb, o'i thalcen i'w gên ac i lawr at ei gwddf. Wedi iddi wneud hynny, plygodd ei phen. Estynnodd i'w gwallt dan grynu a thynnu tri chlip yn llawn cudynnau hir o wallt melyn, gan adael patsys moel ar ei chorun.

"Sdim un llun o fi lan yn y tŷ gyda Mam nawr; dyw hi ddim eisiau ypseto fi. Ypseto hi *more like*."

Roedd Meg yn beichio crio erbyn hyn, ond daliodd Lisa

ati; ei hwyneb yn crynu a'i gwallt yn diferu.

"Pedwar *skin graft* o'dd rhaid i fi gael yn y diwedd, a dau *surgery*. O'n i yn Prince Charles am dri mis. A ti'n gwbod be sy'n *shitty*? Rili *shitty*? 'Na'th ffrind gore fi ddim dod i weld fi unwaith. 'Na'th Ben a'r bois ddod. *Couldn't do enough for me – grapes, magazines*, hyd yn oed *ipad*. O'dd yr ysgol wedi gwneud *whip round* ac wedi talu am benwythnos yn Disneyland i fi. A ti. Yr un ddechreuodd yr holl beth. Ffrind gore fi. *Fuck all*. Tan nawr."

Gostyngodd Meg ei phen, cyn cynnig yn dila, "Fi'n sori, o'n i jest ddim yn gwybod sut i wynebu ti."

"Ie ofn gweld gwyneb fi *more like*. Ma' pobol yn sibrwd '*Poor dab*' pan maen nhw'n pasio fi yn y stryd. Ma' plant yn pwyntio ac yn chwerthin. Fi'n gorfod rhoi *makeup* fi arno gyda *trowel* bob bore a gwisgo'r *head pieces* 'na. A bydd hwnna gyda fi am byth."

"Beth alla i neud Lisa?"

Ailosododd Lisa'r cudynnau gwallt yn frysiog cyn datgloi'r drws.

"Dim! Jest *fuck off* 'nôl i Bangor gyda golch ti," poerodd Lisa.

"Ond ..."

"Stop! O'n i'n meddwl bydden i'n gallu neud 'wn, i helpu fi i ddeall, i ddeall pam 'nest di ddim hyd yn oed ffycin dod i angladd Dad, ond ...sdim ffycin ots 'da fi ..."

Dychwelodd Lisa i'r bar, gan adael dim ond ei sent fanila a wyneb ei chyn-gyfaill yn y drych.

Gadawodd Meg hefyd a throi am y drws ffrynt. Mentrodd i'r nos drwy faes parcio'r clwb rygbi ac anelu am Hylton Terrace. Wrth basio ffenest y clwb, clywodd lais Lisa wrth y bar.

*"C'mon, buy me a drink 'en Sandy. If you want, we can talk about me comin' back to the shop."*

Tynnodd Meg ei chot yn dynnach amdani a chodi ei chwfwl. Roedd y glaw yn llosgi ei llygaid.

# PARC TREFTADAETH CWM RHONDDA, TREHAFOD

Gallech chi daeru ein bod ni ar y ffordd i Wlad Disney o ystyried cyffro'r plant. Roedd y dosbarth hŷn wedi hawlio'r rhes gefn yn ôl eu harfer, a'r rheini a oedd yn debygol o deimlo'n sâl yn eistedd gyda ni a'r athrawon yn y blaen. Roedd Sam yn eistedd tua'r canol gyda'i ffrindiau. Roeddwn i wedi cynnig eistedd wrth ei ymyl ond roedd yr olwg arno wrth imi awgrymu'r fath beth yn ddigon imi droi'n ôl ar fy union at y blaen ac eistedd ar fy mhen fy hun. Roedd hi'n ddigon gwael fy mod i wedi meiddio gwirfoddoli o gwbl. Mae bywyd yn anodd pan wyt ti'n saith oed.

Prin oedd y cyfleoedd i gael mynd gyda Sam ar dripiau ysgol. Fel arfer, byddwn i'n gweithio a'r lwfans gwyliau blynyddol yn rhy brin i'w wastraffu. Ond roedd y cwmni wedi caniatáu 'diwrnod lles' i'r holl staff. Ymhlith yr awgrymiadau ar gyfer sut i dreulio'r diwrnod roedd gweithdy ioga, taith gerdded i'r Brecon Beacons a gwers gelf. Yn rhyfedd ddigon, doedd mynd 'dan ddaear' gyda grŵp o blant swnllyd ddim ar y rhestr o gwbl. Ond, roedd yn gyfle i leddfu ychydig ar yr euogrwydd mamol, felly bant â fi.

Ein gwaith ni fel rhieni oedd helpu'r athrawon i gadw trefn ar y plant. Doeddwn i ddim yn cael bod yn yr un grŵp â Sam, ond roeddwn i'n ddigon balch o hynny o ystyried ei ymateb ar y bws. Cawsom fore difyr yn cael ein tywys ar hyd un o hen siafftiau'r pwll gan gyn-löwr o'r enw Dai. Dechreuodd Dai y sgwrs drwy ddweud mor hapus ydoedd i glywed y plant yn siarad iaith na chafodd ef ei hun y cyfle i'w dysgu tan ei henaint, a mor falch ydoedd o fod wedi'i dysgu'n ddigon da i allu cynnal taith ddwyieithog o'r diwedd. Roedd hynny'n braf.

Mae'n rhaid imi gyfaddef, chlywais i ddim llawer o'i sgwrs wedi hynny. Roeddwn i'n rhy brysur yn trio tawelu bachgen o'r enw Ieuan a oedd wedi colli ei botel o ddiod siwgraidd, afiach o'r enw Crai – y ffad diweddaraf i sgubo'r rhyngrwyd – rywle yn y siafft. Ond ar ddiwedd y daith, pan ofynnodd Dai, 'Oes gan unrhyw un gwestiwn?', bues i'n ddigon ffodus i glywed y plant yn gofyn cwestiynau beiddgar a pherthnasol i'r cyn-löwr, fel "Ti'n byw lawr fan hyn?" a "Fydde well 'da ti fod yn gleren neu'n forgrugyn?"

Ar ôl bore o olrhain gwythiennau glo a holi cyn-lowyr yn dwll, roedd hi'n amser cinio, a'r plant wedi heidio fel gwenyn at y byrddau picnic ar yr iard rhwng yr amgueddfa a'r injan weindio. Wrth i'r bocsys bwyd ddechrau ymddangos a'r cyffro o gael cyfnewid bisgedi a chreision gydio yn y plant, rhoes yr athrawon ganiatâd i ni rieni ddianc i'r caffi i gael hoe. Doedd dim angen gofyn ddwywaith; roedd y profiad gyda'r botel Crai wedi rhoi cur pen i mi.

Roedd tair mam wedi ymgasglu ar un o'r byrddau yng nghaffi Bracchi. Cymerais anadl ddofn ac anelu amdanynt gyda fy mhaned a fy nheisen hufen. Edrychais ar fy watsh; roedd ryw chwarter awr tan y byddai angen mynd yn ôl at ein grwpiau. Gallwn i ymdopi â hynny. Roeddwn i'n adnabod dwy o'r criw yn lled dda ac wedi gweld y llall yng nghyngerdd Nadolig yr ysgol ryw fis ynghynt. Pan ymunais â nhw roedd y tair yn trafod un o bynciau llosg gât yr ysgol, sef yr ysgrifenyddes newydd.

"Mae hi mor anghwrtais," meddai'r fam doeddwn i ddim yn ei hadnabod, gan gymryd cnoad o'i brechdan. O astudio'r rhychau ar ei hwyneb roedd hi tua'r un oed â fi.

"Bob tro dwi'n ffonio'r ysgol, mae'n ateb y ffôn gydag ochenaid fawr, ddiamynedd."

"Dwi wedi cael llond pen ganddi sawl gwaith," ychwanegodd Sara. Roedd Sara yn fam i dri ac felly'n hen law ar dripiau ac ysgrifenyddesau ysgol.

"Fel pan anghofiais i roi cap i Dafydd a hithau'n ganol Mehefin. Roedd yn rhaid imi erfyn am faddeuant!"

Chwarddodd y tair.

"Sut mae Sam yn mwynhau yn yr ysgol?" gofynnodd Nerys i mi. Roeddwn i'n ddiolchgar iddi am daflu'r angor. Nerys oedd yr un roeddwn i'n ei hadnabod orau, gan ein bod ni'n arfer mynd i Mother and Baby gyda'n gilydd.

"Wrth ei fodd. Ry'n ni mor hapus," atebais. "Ro'n i'n poeni amdano'n mynd i ysgol Saesneg ar ôl cael dim ond Cymraeg gartre gyda Wil a fi, ond mae e wedi dod yn ei flaen yn wych. Dwi ddim yn gallu credu pa mor glou ddaeth e i siarad Saesneg."

Gwenodd pawb yn gynnes a theimlais fy ysgwyddau'n

disgyn. Estynnodd y fam doeddwn i ddim yn ei hadnabod am baced o greision o'i bag a chynnig un i mi. Cymerais greisionen er nad oeddwn i'n hoffi'r blas. Wrth gnoi, dywedodd y fam, "Y peth yw, dwi'n credu'n gryf mewn addysg Saesneg. Roedd Jon a fi'n benderfynol ein bod ni'n mynd i anfon y ddau i ysgol Saesneg. Mae e'n wir beth maen nhw'n ei ddweud; mae safon yr addysg yn uwch."

Cytunodd y tair yn frwd. Roeddwn i'n teimlo fy hun yn magu hyder.

"Roedd Wil a fi yn poeni a oedden ni wedi gwneud y penderfyniad iawn a ninnau ddim yn gallu siarad braidd dim Saesneg. Dwi'n dal i boeni am sut byddwn ni'n gallu helpu gyda gwaith cartre. Oes unrhyw un yn siarad Saesneg yn dy deulu di?" holais, gan geisio rhoi tamaid o'r deisen hufen yn fy ngheg yn osgeiddig. Byddai picen lap wedi bod yn ddewis doethach.

Atebodd hithau ag awgrym o ymffrost. "Wel, ry'n ni'n dau yn gallu siarad Saesneg. Aethon ni'n dau i ysgol Saesneg ac mae Jon yn dod o gartre Saesneg. Mae e'n mynnu nad oedd e'n gallu siarad unrhyw Gymraeg tan oedd e'n bump oed!"

Trodd Sara ati, "Do'n i ddim yn gwybod dy fod di a Jon yn gallu siarad Saesneg! *And there's me, wasting my Welsh on you. I had no idea!*"

"O ydyn, ry'n ni'n dau'n siarad Saesneg. Mae Jon yn gweithio i'r Llywodraeth yng Nghaerdydd, yn yr Uned Saesneg. Mae cael y sgiliau iaith yna mor bwysig."

"Ydych chi'n siarad Saesneg gartre 'te?" holais i'n ddiniwed.

"Ym, wel na. Ro'n ni'n trio weithiau pan oedd y plant yn fach ond mae'n naturiol i ni siarad Cymraeg gyda'n gilydd. A pan ry'n ni'n trio siarad Saesneg gyda'r plant, maen nhw'n ein hateb ni'n Gymraeg. Ro'n i'n siarad gyda Miss Smith am y peth wythnos diwethaf a dywedodd hi eu bod nhw'n union yr un peth yn eu tŷ nhw. Mae Jon yn dweud ei fod e'n gwneud digon dros y Saesneg yn y gwaith; mae e eisiau ymlacio pan mae e gartre, sy'n ddigon teg dwi'n meddwl."

Cytunodd y ddwy arall yn frwd. Ychwanegodd Nerys, "O, dyw James ddim yn hoffi o gwbl pan dwi'n troi i'r Saesneg. Dwi'n dweud cwpwl o eiriau Saesneg nawr ac yn y man i'w gorddi fe a'i ymateb e bob tro yw 'Na, Mam, paid!'"

"O, sen i'n dwlu gallu siarad Saesneg. Mae'n swnio mor hyfryd," cynigais.

"Wel, dyw hi byth yn rhy hwyr i ddysgu," ebychodd yr un doeddwn i ddim yn ei hadnabod, yn nawddoglyd braidd.

Ceisiais ymateb yn gwrtais, "Na, mae hynny'n ddigon gwir. Mae yna gynllun yn y gwaith lle ry'n ni'n gallu cael gwersi Saesneg am ddim."

"Ie, gwna gwrs," meddai Sara. "Sdim pwynt i fi wneud. Ro'n i'n casáu Saesneg yn yr ysgol. Do'n i ddim yn gweld y pwynt ar y pryd. Pryd oeddet ti'n mynd i'w ddefnyddio fe? Ac roedd e mor anodd, yr holl *silent letters* yna, a pha fath o iaith sydd ddim yn rhoi cenedl i enwau?"

"Ac mae pawb yn gallu siarad Cymraeg ta beth," ychwanegodd Nerys.

Stwffiais weddill y deisen i fy ngheg a chymryd llymaid olaf o'r te oer i'w olchi i lawr. Esgusodais fy hun yn frysiog a dychwelyd at y plant. Erbyn hyn, roedd bocsys bwyd pawb wedi'u cadw a'r athrawon yn falch o weld y rhieni'n dychwelyd, wrth i bawb ofyn am gael mynd i'r tŷ bach ar yr un pryd.

Treuliwyd y prynhawn yn yr arddangosfa ar y llawr cyntaf. Yn amlwg, doedd gan y plant ddim diddordeb yn yr hysbysfyrddau gwybodaeth am hanes yr hen faes glo. Ond roedd pawb yn hoffi'r hen fâth tun yng nghanol yr ystafell, ac yn cael hwyl yn ceisio dringo i mewn iddo – Sam yn fwy na neb. Peth braf fyddai cael Sam mor barod i ddringo i'r bath gartre.

Erbyn hanner awr wedi dau roedd pawb wedi gwario eu harian poced yn y siop ac yn aros yn eiddgar ym mlaen yr adeilad am y bws. Bloeddiodd pawb yn unsain wrth ei weld yn troi'r gornel i'r maes parcio. Aeth y plant i'w rhesi'n lled ddidrafferth a dechreuodd y rhieni a'r athrawon hebrwng eu coesau bach i fyny stepiau'r bws. Roedd Miss Smith yn cyfrif y plant pan drodd ata i ofyn "Ble mae Sam?"

Holais ei ffrindiau, ond doedd neb wedi ei weld ers gadael yr adeilad. Edrychais o amgylch y maes parcio. Dim golwg. Es i yn ôl i mewn i'r cyntedd. Cynigiodd Mr Phillips fynd i mewn i dŷ bach y dynion i chwilio. Dim sôn amdano. Roeddwn i'n dechrau poeni erbyn hyn. Ceisiais feddwl ble oedd y lle diwethaf i mi ei weld. Es i yn ôl i'r siop ac yna i'r caffi a holais y staff. Doedd neb wedi'i weld. Teimlais fy nghalon yn carlamu a chwys oer yn diferu i lawr fy nghefn. Pe bawn i ddim mewn cymaint o banig, byddwn i wedi clywed geiriau o gysur y mamau eraill a oedd wedi ymuno yn y chwilio. Rhedais allan i'r iard gefn. Edrychais draw at y siafft a meddwl y gwaethaf. A chyn imi ddechrau rhedeg draw, dyna le gwelais ffluwch o wallt fflamgoch yn codi o'r tu ôl i hen ddram glo. Golchodd y rhyddhad drosta i fel ton. Rhedais ato.

"Sam! Dyna ti! Ble est ti? Mae pawb yn aros amdanat ti!" Ceisiais guddio fy nhymer. "Mae e fan hyn!" gwaeddais draw at y mamau eraill.

"Mae'n flin gyda fi, Mami," atebodd Sam yn rhadlon.

"Beth wyt ti'n neud fan hyn?"

Cofleidiais i fy mab mor dynn ag y gallwn i a sylwi ei fod yn dal rhywbeth yn nghledr ei law.

"Beth sydd gyda ti fanna?"

"Dim byd," atebodd Sam yn frysiog, gan guddio'i ddwrn y tu ôl i'w gefn.

"Dangosa i fi. Dere. Mae'r bws ar fin gadael."

"Dim byd."

"'Dwyt ti ddim wedi dwyn dim o'r siop, wyt ti?"

"NA!"

"Dangosa i fi nawr, Sam!"

Ysgydwodd ei ben yn daer.

"Rho fe i fi Sam!" Roeddwn i'n gweiddi erbyn hyn. Roedd y diwrnod cyfan wedi mynd yn drech na fi. 'Diwrnod Lles' yn wir.

Agorodd ei law yn araf, gan gau ei lygaid i ddisgwyl y gweiddi. Yn ei gledr fach roedd darn o lo'n disgleirio yn yr haul. Roedd ei fysedd yn ddu gan lwch glo. Yna, caeodd ei drysor yn ei ddwrn eilwaith â'i holl nerth.

Gwenais.

"Dere," dwedais gan estyn fy llaw. "Mae'n bws ni'n gadael."

# Y MAEN CHWYF, COMIN PONTYPRIDD

## 8 OED – 1994

"Scott, dere lan fan 'yn! Edrych ar hwn!"

"Aros! Fi jest yn gorffen brechdan fi."

"Mae'r garreg 'ma'n masif! Fi'n meddwl bo fi'n gallu gweld tŷ fi o fan hyn!"

"Ti eisiau chwarae tag? Y carreg mawr yw'r cri."

"O na, mae tag yn *borin'* gyda dim ond dau. Barod i neidio ... un ... dau ..."

"Tri!"

"Hwnna ddim yn deg, Scott! Ti'n *cheato*!"

"Rwy'n flin."

"Ti eisiau mynd 'nôl i tŷ ti?"

"Na, fi angen aros mas o ffordd Dad fi."

"Pam?"

"O'n i fod dechrau ymarfer rygbi heddi."

"Oedd e'n dda?"

"Wel ... o'n i ddim wedi mynd."

"Pam?"

"Wel, es i mas o'r tŷ yn gwisgo'r dillad rygbi a'r styds o'dd Dad fi wedi prynu i fi. Oedd y styds yn gwneud sŵn rili cŵl ar y palmant, so 'nes i dechrau gwneud *tap dance*. Ti'n gwybod fel oedd Miss Rowlands wedi dysgu ni ar gyfer y cân actol? Oedd Dadi ddim yn 'apus."

"O't ti wedi cael stŵr?"

"Dywedodd e '*Get in the 'ouse, you're not going.*'"

"Ni'n gallu mynd 'nôl i tŷ fi os ti eisiau Scott?"

"O ie! Ydyn ni'n gallu chwarae awyren eto? Ti'n gallu bod yn *passenger* a fi yw'r *flight attendant*. Ti dewis ble ni'n mynd."

"OK. Aros i fi gorffen creision fi."

"Rhiannon, ti'n gorfod siarad Cymraeg drwy'r amser yn tŷ ti?"

"Ydw, wel dim gorfod. Ni jest yn."

"Ond ydy Mam a Dad ti'n deall Saesneg?"

"Ydyn, nhw jest ddim yn hoffi fe."

"O. Ti'n gwybod beth yw'r cerrig bach yma o gwmpas yr un mawr?"

"Na, be?"

"*Gravestones* pobol sydd wedi marw."

"Sut o'n nhw wedi marw?"

"Yn y rhyfel fi'n credu. Neu yn y pwll glo."

"Scott, ydyn ni'n *boyfriend* a *girlfriend*?"

"Ym, fi ddim yn gwybod. C'mon, bydd fi'n rasio ti lawr i'r tŷ."

"O ddim yn deg! Ti'n fwy cyflym na fi! Scott! Aros!"

## 18 OED – 2004

"Eisteddfod? Beth, fel cân actol a dawnsio gwerin?"

"Na! Scott, bydd e'n *class*. So mae gyda ti Maes B, sydd fel lle jest i bobol ifanc campo a mae gigs bob nos gyda bands Cymraeg. A ni'n gallu jest mynd yn *pissed* bob nos am wythnos!"

"Ok, 'na i gofyn Dad fi am arian. Ti'n gwybod bo fi'n casáu campo *mind*."

"*You put the camp in campin'*!"

"*Hilarious,* Rhi! Gawn ni eistedd fan 'yn am *bit* cyn mynd 'nôl lawr? Ti'n cofio dod lan fan 'yn am bicnics pan o'n ni'n fach?"

"Fi'n cofio dod lan 'ma i guddio o rieni ni. Sut oedd ysgol ddoe? Methu credu dim ond wythnos sydd ar ôl."

"O'dd e'n ok. *Borin'* heb ti yna. O'dd y bỳs adre'n *torture*. Y bois rygbi yn meddwl bod e'n ffyni i boeri *bits* o papur drwy pens gwag lawr y bỳs. Bydda i ddim yn misso nhw."

"Och, *mingin'*. Man nhw mor *immature*."

"Ond oedd Mr Griffiths ar ddyletswydd so o'dd hwnna'n dda!"

"Ti'n *obsessed*, myn."

"O'dd e 'di cymryd ni am sesiwn adolygu yn lle Mrs James. 'Nath e eistedd ar bwrdd fi a 'naethon ni siarad am fel hanner awr. O'dd *definitely* sbarc!"

"Sa i'n meddwl bod e'n *gay*, Scott. *Pretty* siŵr bod e'n briod a bod plant 'da fe."

"Dyw hwnna ddim yn meddwl unrhyw beth, Rhi. O'dd Elton John wedi priodi."

"Ma' pobl wastad yn gweud hwnna i brofi bod rhywun

yn *gay*! I fod yn deg, dyw Mr Griffiths ddim fel Elton John. Am un peth, sa i'n credu o'dd Elton John yn chwarae *flanker* i Bargoed!"

"Fi 'di penderfynu Rhi, yn y Prom, fi'n mynd i declêro *undying love* fi iddo fe."

"'O paid siarad am y Prom! Sa i'n gwybod be fi'n mynd i wisgo! Rhaid fi golli o leia stôn cyn hwnna."

"Be?! *As if*! Byddi di'n edrych yn lysh, a bydd Alun Webb deffo ishe copo off 'da ti."

"Bydde fe byth yn *interested* yn fi, dim gyda Becky O'Driscoll yna. Be ti'n mynd i wisgo?"

"A'th Mam â fi i Gaerdydd i brynu *tux* wythnos diwethaf. Just un du. Ma' mor borin' i ddynion."

"Gallet ti 'di ca'l siwt mwy *jazzy*?"

"O ie, fi'n siŵr bydde'r bois rygbi yn lyfo 'wnna!"

"Hmm, o leia gei di weld Mr Griffiths mewn *tux*!"

"Bydd e'n edrych yn *lush*! So, Eisteddfod. Pryd ma fe eto?"

"Wythnos gynta Awst."

"Ond nagyw Mam a Dad ti'n mynd i fe fel arfer?"

"Ydyn, ond byddan nhw ddim yn aros yn yr un lle â ni."

"Ti'n siŵr? Nawr fi'n lyfo Mam a Dad ti ond fi ddim ... ti'n gwybod ..."

"Onest nawr, 'newn ni ddim gweld nhw o gwbl. Byddan nhw gyda'r *oldies* ar y Maes Carafans. A falle 'newn ni gwrdd â pobol fydd yn Aberystwyth gyda ni."

"'Nes i ddim meddwl am 'wnna. O ie Rhi, o'n i'n mynd i ofyn i ti, ble ti'n mynd i roi lawr fel *accommodation* os ti'n ca'l mewn?"

"Pantycelyn – dewis cyntaf."

"Y lle Cymraeg yw hwnna ie? Fi rili eisiau bod yna gyda ti

ond fi jest methu rhannu stafell gyda *randomer*. A dim *en suite*."

"Wel falle 'nei di endo lan yn rhannu stafell gyda rhywun ffit!"

"Ydy pobol *gay* yn ca'l rhannu stafell? *Actually*, sa i 'di cwrdd â rhywun *gay* sy'n siarad Cymraeg."

"Ha! Fi'n siŵr bod rhai i ga'l, Scott. Ti'n un!"

"Ie, ond gobeithio dim fi yw'r unig un!"

"A fi'n siŵr bydd rhai yn yr Eisteddfod 'fyd! A hyd yn oed rhai digon desbret i fynd gyda ti!"

"Beth os fi ddim yn deall nhw'n siarad?"

"O plis, Scott, bydd e'n *class*! Fi'n addo! Fi'n mynd i ofyn i Mam am arian pen-blwydd fi'n gynnar i brynu dillad. Fi eisiau *completely* reinvento'n 'unan ar gyfer yr Eisteddfod ac Aberystwyth, *the new me*."

"Be ti'n neud heno?"

"Dim byd. Ma' Mam a Dad a Garin 'di mynd i weld y pêl-droed."

"Ti eisiau mynd i'r *fish shop*?"

"Ie, ok. Ond sa i'n mynd i ga'l tships, gormod o galoris, a fi'n sgint."

"C'mon. Ti'n gallu mynd drwy'r busnes Maes B 'ma unwaith eto."

## 28 OED – 2014

"Eistedd lawr ar y garreg nawr i catcho *breath* ti."

"OK, jest am funud ddo. Fi'n iawn ddo."

"Na ti ddim. Mae gwyneb ti fel *beetroot*. Sa i moyn i'r babi 'na ddod eto. Sa i'n barod i fod yn yncl."

"Paid â bod yn dafft. Ma' dau fis gyda fi i fynd! Fi'n cadw anghofio pa mor lysh yw e lan fan 'yn!"

"Ma'i mor dawel 'ma. O Rhi, gallen i aros 'ma drwy'r dydd. Un o'n hoff lefydd i yn y byd i gyd. HELOOO PONTYYY!"

"Dere lawr o fynna. Ti off dy ben."

"So ble wyt ti gyda'r enwau?"

"Wel, ma' Carwyn yn hoffi Gerallt, Illtud neu Eilian."

"Blydi 'el, *Welsh is 'e*?!"

"Ie fi'n gwybod."

"*Alien*? Ti methu galw *kid* ti'n *Alien*. Ti'n byw yn Ponty cofia, nid Pwllheli! Bydd e'n ca'l gymaint o *'ard time* yn yr ysgol. Be ti'n hoffi 'te?"

"Dafydd neu Rhys."

"O man nhw'n neis. Dal yn *Welshy* ond ddim yn rhy *Welshy*."

"Pryd ti'n hedfan nesa?"

"Ddim tan fi'n mynd i Singapore wythnos i ddydd Gwener. O 'nes i anghofio gweud 'tho ti. Ti'n gwybod bathodynnau enwau ni yn y gwaith?"

"Wel, na, ond ie, caria mlân."

"Wel, man nhw 'di dod â'r *thing* 'ma mewn lle ti'n ca'l baner fach ar dy faj ar bwys dy enw di."

"Haha, 'faj'! Sori, caria 'mlân."

"Well na dy 'gash point'! Wel ti'n ca'l baneri bach ar dy faj i ddangos pa ieithoedd ti'n gallu siarad. So man nhw wedi rhoi *union jack* ar un fi am Saesneg ... fi'n gwybod, fi'n gwybod ... sdim angen ti neud y wyneb 'na. A man nhw 'di rhoi baner Ffrainc a Sbaen i fi."

"Mmmm. Sbaeneg, *fair enough ... just about* ... ond Ffrangeg?"

"*Bien Sûr! Anyway!* Alla' i fynd 'nôl i stori fi? Wel, wedes i wrth *manager* fi, 'Fi'n siarad Cymraeg! Fi moyn baner

Cymru!' Wedodd e bod Cymraeg ddim ar restr nhw o *official* ieithoedd. So wnes i cico lan masif ffys. Wedes i bod e'n mynd yn erbyn hawliau fi fel siaradwr Cymraeg a bod gyda nhw *duty* i protecto ieithoedd lleiafrifol a bo fi'n mynd i riporto nhw i'r Welsh Language Commissioner. *I went off on one*. So yn y diwedd 'nath e gytuno."

"Wrth gwrs 'nath e!"

"Ie fi'n gwybod! *Check me out*, Cymdeithas yr Iaith!"

"So fi 'di ca'l baner bach Cymru ar y bathodyn. Ac ar y ffleit i Sydney wythnos dwetha, ges i dau gwpwl yn dod i siarad Cymraeg gyda fi!"

"Lysh!'"

"Ie, o Bala o'dd un cwpwl yn dod, o'n nhw'n nabod Alaw yn dda. So 'nes i bympo nhw lan i *first class*."

"O le o'dd y cwpwl arall yn dod?"

"Sir Benfro rywle."

"Nest ti bympo nhw lan fyd?"

"Na, ond 'nes i roi snacs ecstra iddyn nhw! Fi *actually* methu credu bo ti'n mynd i ga'l babi, a bod yn *actual* mam."

"Fi'n gwybod, ma'n *actually terrifying*! Beth os fi'n fam *shit* Scott? Beth os ma' babi fi'n casáu fi?"

"Byddi di'n *fine*. Fi'n siŵr bod pawb yn poeni, ond onest nawr, bydd e'n *fine*. Blydi hel, ma' rhan fwyaf o merched o'dd yn blwyddyn ni 'di ca'l babi! *How 'ard can it be?* A bydda i 'na i helpu ti."

"Ti'n credu byddwch chi'n ca'l plant?"

"Wel, ni wedi siarad am y peth. Mae Josh rili moyn plant ryw bryd. Fi'n credu taw adopto 'newn ni. Ond ma' digon o amser. Ni moyn prynu tŷ a priodi a stwff gynta. A mynd ar llwyth o wylie cyn 'ny. *Talking of* gwylie. Ti'n mynd i'r

Steddfod 'leni? Ble ma fe?"

"Llanelli."

"*Oh, not too bad*. Fi ffili aros i fynd â Josh. Dyw e ddim wedi bod i steddfod o'r blaen. Dyw e ddim yn gwybod beth i ddisgwyl rili."

"Ie mae'n od o beth i drio esbonio. So *basically* ni'n talu llwyth o arian i fynd mewn i gae, iwso *toilets mingin'*, prynu bwyd mega drud, a gwisgo sbectol haul er mwyn jocan bo ni heb weld y bobl ni'n nabod."

"Ti mewn *bad mood!*"

"Wel, bydda i'n methu yfed, bydda i? A bydda i'n *thirty seven weeks* erbyn 'ny. *Let's face it*, bydd steddfode byth yr un peth i fi o nawr mlân."

"Ie Rhi, bydd e'n *all about* sioe Cyw a Mudiad Meithrin i ti."

"Ie, sgyrsie am dalgylchs ysgol ac oedranne darllen."

"Ti'n cofio y flwyddyn gynta o'dd bar ar y Maes? Ife Casnewydd?"

"O *God* ie! Pan o'n ni'n gweithio ar y stondin nicers 'na?"

"O'n ni'n chwil gachu erbyn hanner dydd! Fi dal methu credu gethon ni ein taflu *off* y Maes *like*! *What a claim to fame!*"

"Wel, i fod yn deg, nethon ni drio joino mewn gyda gorymdaith yr Orsedd, a pinsio tin Ray Gravell! Cofio'r Archdderwydd yn rhoi *daggers* i ni?"

"C'mon Rhi, allwn ni dal ca'l hwyl. Falle 'na i weld os yw Alaw a criw Bala yn mynd. Wedest ti bo nhw'n mynd i drio cael *reunion* ar y Maes? Ti'n gallu credu bod e'n deg mlynedd ers i ni ddechre yn Aber? Ma'r blynydde wedi hedfan. O, dyddie da, nag o'n nhw?"

"Ie, o'n nhw'n olreit, *like*. *No way* ydw i'n mynd i'r aduniad ddo."

"O Rhi myn, be yffach sy'n bod arnat ti heddi? Heb Aber set ti ddim 'di cwrdd â Carwyn, cofia. Nagyt ti moyn gweld be ma' pawb *up to*? Pwy sy 'di newid? Pwy sy 'run peth?"

"Ie ti'n iawn sbos. 'Na i siarad 'da Carwyn amdano fe. Reit, c'mon fi'n starfo ac yn rili crêfo bwyd Thai."

"C'mon rasia i ti lawr."

"*As if!* Ti moyn i'r babi 'ma ddod nawr?! Scott! Aros!"

## 38 OED – 2024

"Oes dŵr 'da ti, Rhi? Fi'n 'wysu stecs."

"Co ti. Anghofies i pa mor serth yw'r rhiw 'na."

"Cerrig yr Orsedd yw rhain nage fe? Beth yw'r un mawr, ddo?"

"Maen Chwyf man nhw'n galw fe. Ti'n gwybod, William Price?"

"Y boi 'na gyda'r *dead fox* ar ei ben?"

"Ie, 'na ti! Y boi 'nath infento *cremation*. Ti'n cofio ni'n neud e'n ysgol? *Actually* o'dd e'n foi rili cŵl. O flaen ei amser. *Mega progressive*. Odd e'n meddwl bod y garreg 'ma'n *sacred*. So o'dd e'n neud pob math o *ceremonies* gyda derwyddon lan 'ma"

"Ha! Falle dylen ni resurrecto hwnna Rhi! 'Na i dyfu barf a gwisgo pyjamas fi! Bydde pobol yn talu i weld e yn ystod y Steddfod! Sen ni'n neud bom! Fi *actually* methu credu bod e'n dod i Ponty Park!"

"O'n i'n siarad 'da Paul yn y farchnad wythnos 'ma. Man nhw'n edrych ymlaen gyment. Fi'n gobitho bydd pobol yn mynd i mewn i'r dre i 'ala arian."

"Fi ffili aros i fynd â'r plant. Eisteddfod cynta nhw ac ar eu *home patch*. A fi ffili credu bo fi 'di confinso Josh i fod yn côr y Steddfod 'da fi. Mae e 'di bod yn ymarfer y geirie bob nos."

"O ware teg iddo fe. Ma'n fwy o ymdrech na fi wedi neud."

"Ma'n gyfle da i Josh ymarfer Cymraeg fe."

"Odyw e'n siarad lot gyda ti gartre?"

"Ma'n trio a ma'n rili dda gyda'r plant. Ond fi'n rhy ddiamynedd 'da fe. Fi'n mynd yn grac pan ma'n gweud pethe'n rong neu'n gofyn pam bod y treiglad yna'n digwydd neu worefyr!

"O ma'n neud mor dda."

"Mae e 'di dysgu *loads*. Ti'n gwybod pa ddiwrnode ti'n mynd?... Rhi?... Pa ddiwrnode ti'n mynd i'r Steddfod?"

"Sa i moyn pawb yn gofyn ifi ble ma' Carwyn, a pawb yn gweld faint o bwyse fi 'di rhoi mlân. Ac a bod yn onest, falle bo fi jest 'di cael digon ar yr 'oll Steddfod *thing*."

"Rili?"

"Yr 'Haia, ti'n iawn?'; y malu cachu. Falle 'na i ddim boddro. Meddwl mynd i rywle fel Norfolk am wythnos yn lle 'ny."

"Norfolk? *What the fuck?*"

"Ha, I put the '*what the fuck*' in Norfolk. O sa i'n gwbod Scott. Fi ddim yn gwybod os taw'r holl stwff Steddfod Ponty 'ma yw e. *Don't get me wrong*, mae'n grêt bod llwyth o bobol oedran ni sy'n siarad Cymrâg moyn bod yn rhan o bopeth; codi arian, cystadlu. Ond ble ma nhw 'di bod?! A ble byddan nhw mewn blwyddyn?

"Ond, nage 'na pwynt y peth?"

"Ie, ti'n iawn. Ond weithie fi'n teimlo bo ni mewn un *episode* hir o blydi *Noson Lawen*. A beth yw pwynt yr holl fwrlwm 'ma, pan ma'r byd i gyd mor *fucked up*."

"O, c'mon, Rhi. Ti wastad wedi bod wrth dy fodd gyda hwn i gyd. Dylet ti cael dathlu yn *patch* ti. Fi'n siŵr bydd dy fam yn fodlon cal y plant i ti gael *few drinks* yn y Llanofer? A ma'r plant yn hŷn 'da ti nawr so bydd dim angen wotcho nhw bob muned ar y Maes. Ac os oes unrhyw un yn holi am Carwyn, jest gweud 'tho nhw ble i fynd!"

"Ond Scott, bydda i *still* yn edrych fel *minger*!"

"Nonsens, ti'n hollol lysh. Be' ti'n neud dydd Sadwrn nesa? A' i â ti i Ferthyr i siopa am ddillad newydd – ar gyfer y Steddfod. *The new you!*"

"Diolch."

"Ti'n meddwl bydd pobol yn dod lan fan 'yn? Achos y William Price *thing*?"

"Ie falle. Mae e'n lysh; dyle pobol weld e. Bydd rhaid i ni a'r plant ddod lan 'ma am bicnic. Cofio fel oedden ni arfer neud?"

"C'mon, gariwn ni 'mlân i gerdded."

"Hei cofia dy botel ddŵr! Paid â gadel sbwriel ar gerrig yr orsedd, Scott! Be' wede'r Archdderwydd?!"

# SGWÂR PENDERYN, MERTHYR

Roeddwn i yno. Dyna fydd pawb yn ei ddweud. Merthyr, y seithfed o Fedi, 2019. Wrth iddi eistedd yno nawr, ar folard concrit y tu allan i'r Redhouse, roedd hi'n anodd dychmygu'r sgwâr fel yr oedd hi ychydig wythnosau'n ôl. Miloedd yno yn un llwyth. Miloedd a oedd wedi cael digon. Miloedd a oedd am berthyn i wlad â'r hyder a'r awydd i lywio ei dyfodol ei hun. Roedd gorymdeithiau eraill wedi bod wrth gwrs, ond roedd hon yn teimlo'n wahanol. Efallai mai dyna a ddywedodd y rhai a fu'n tasgu drwy'r strydoedd hyn ddwy ganrif ynghynt hefyd.

Yr unig rai yma nawr oedd hi a'r smygwyr yn herio'r glaw y tu allan i dafarn y Dic Penderyn. Er bod eu cochni'n dechrau pylu, gwelodd sticeri *Yes Cymru* ar bostyn lamp wrth ei hymyl; yn farwor o dân y diwrnod.

Roedden nhw wedi cyrraedd y rali yn hwyr. Y syniad oedd dal y trên o Abercynon er mwyn peidio gorfod dod o hyd i le i barcio, ond roedd pawb fel petaen nhw wedi cael

yr un syniad. Erbyn iddyn nhw gyrraedd y dref roedd yr
orymdaith wedi dechrau. Wrth reswm, roedden nhw tuag
at gefn y dorf o filoedd, ond roedd hi'n ddigon bodlon gyda
hynny. Bu ganddi ryw ddawn erioed i ddisgyn i gefn unrhyw
griw o gerddwyr; coesau byrion Ceredigion mae'n rhaid.
Er syndod iddi, roedd Ffion yn fwy awyddus na neb i fod
yno, yn ei chrys-T *Yes Cymru* newydd, ei sbectol haul a'i Dr
Martens. Roedd ei merch yn ei hatgoffa ohoni hi ei hun yn
bymtheg oed; yr un wên gam a'r un olwg ddidaro wrth gnoi
gwm. Allai hi ddim peidio â theimlo'n falch ohoni.

Ymdroellodd y dorf yn araf i fyny'r brif stryd hyd at
adeiladau'r Cyngor cyn croesi afon Taf, a oedd yn llif o arian
byw yn yr heulwen. Roedd y strydoedd culion yn fyw o
floeddio, canu a churo drymiau a siopwyr chwilfrydig wedi
dod allan i weld. Wrth i'r miloedd ymgynnull yn y sgwâr ac
wrth i'r areithiau ddechrau, roedd hi'n groen gŵydd drosti, er
gwaethaf haul cynnes mis Medi. Merthyr oedd canolbwynt
y byd y diwrnod hwnnw.

A dyna pryd y'i gwelodd hi; yn sefyll y tu allan i'r Dic
Penderyn. Dim mwy na ryw bum llath oddi wrthi. Ar
amrantiad aeth y drymiau'n fud.

\* \* \*

Ailddarllediad o *Lovejoy* oedd ar y teledu, ond doedd yr un
o'r ddau yn ei wylio. Roedd yr ystafell fechan yn drymaidd
a hithau'n cyfri'r clêr marw ar sil y ffenest. Dim ond yn ei
chwedegau cynnar oedd ei thad ond roedd y salwch wedi
dwyn blynyddoedd oddi wrtho. Eisteddai e mewn cadair
esmwyth ac edrychai fel pe bai'n barod i'w lyncu. Troellai ei

fysedd o amgylch edefyn rhydd ar fraich y gadair, gan syllu i'r pellter.

Byddai sgwrs y tad a'r ferch, fel ei gorff yntau, yn crebachu'n fwy gyda phob ymweliad. Pasiodd y munudau fel oriau a dechreuodd hi fforio am unrhyw friwsion i lenwi'r distawrwydd. Roedd hi ar ganol sôn am gynnydd Ffion yn y dosbarth meithrin a'i hobsesiwn diweddaraf gyda cheffylau, pan drodd ei thad ati a datgan yn bwyllog,

"Mae gyda ti hanner chwa'r ti'n gwbod."

Bloeddiodd arwyddgan *Lovejoy* o'r bocs.

"Be', Dad?" ebychodd, yn hanner chwerthin.

"Cafodd hi ei geni yng ngaea 1965. Rhoces fach. Wnes i erio'd weud wrth dy fam. Mae'n byw ym Merthyr rywle."

Ceisiodd hi ei holi eto ond doedd dim ôl o'r geiriau erbyn hynny. Aeth ei thad ymlaen i ofyn a fyddai hi'n fodlon rhoi bet hanner can punt *each way* iddo ar Rhyme 'n Reason yn y Cheltenham Gold Cup.

Mae'n rhaid ei fod yn drysu, meddyliodd – neu'n dweud celwydd. Nid hwn fyddai'r tro cyntaf iddo wneud y naill neu'r llall. Holodd hi mohono byth wedyn. A chyn pen ychydig fisoedd roedd hi wedi colli'r cyfle am byth i ailafael yn yr egin sgwrs am y rhoces o Ferthyr.

Felly gwnaeth ei gorau i anghofio, a llwyddo i raddau helaeth. Wnaeth hi erioed sôn gair wrth ei brodyr na'i mam, ac am gyfnodau hir fyddai hi ddim yn ystyried y peth o gwbl. Ond roedd yn we corryn stwbwrn yn cuddio yng nghil y cof ac allai hi ddim ei hestyn i'w sgubo i ffwrdd yn llwyr.

Bryd hynny, adeg y datguddiad i gyfeiliant *Lovejoy*, doedd hi ddim yn siŵr a oedd hi erioed wedi bod i Ferthyr. Mae'n rhaid ei bod hi wedi bod yno ryw dro ond doedd ganddi ddim cof o wneud. Roedd hi'n gwybod bod ei thad wedi byw yno pan oedd yn athro ifanc yn y chwedegau, cyn cwrdd â'i mam, ond wyddai hi ddim mwy na hynny. Wnaeth hi erioed ddychmygu y byddai'n byw ac yn gweithio yn yr ardal honno.

Roedd Ffion newydd ddechrau yn yr ysgol uwchradd pan benderfynodd hi newid cyfeiriad yn llwyr ac ailgymhwyso fel nyrs. Roedd Dan wedi cael swydd newydd yn swyddfa'r Llywodraeth ym Merthyr felly penderfynon nhw adael eu tŷ teras yng Nghaerdydd a symud i fyngalo ym mhentref Mynwent y Crynwyr, lai na deng milltir o Ferthyr. Ar ôl graddio, cafodd swydd yn syth yn yr Uned Gofal Ddwys yn Ysbyty'r Tywysog Siarl uwchlaw'r dref.

Bob tro y byddai'n gweld menyw yn yr ysbyty tua'r un oedran ag y byddai'r rhoces bryd hynny, byddai'n bwrw ail-olwg arni. Bob tro y byddai'n eistedd mewn caffi neu dafarn yn y dref, byddai'n chwilio'r dyrfa'n glou i weld a fyddai rhywun yn sefyll allan. Roedd hi'n gwneud y peth heb feddwl bron. Roedd hi'n gwybod yn iawn pa mor annhebygol fyddai taro arni. Doedd hi ddim hyd yn oed yn siŵr am beth roedd hi'n chwilio na sut byddai'n gwybod pe bai'n ei gweld hi. Oedd hi'n chwilio am rywun â'r un gwallt â hi? Yr un chwerthiniad? Oedd hi'n chwilio am rywun yn chwibanu 'Yma o Hyd' neu'n gwisgo cap FWA? Ond ar Sgwâr Penderyn, y prynhawn heulog hwnnw ym mis Medi, gwelodd yr un y bu'n chwilio amdani ers blynyddoedd.

Thynnodd hi mo'i llygaid oddi arni, gan astudio pob brycheuyn ar ei hwyneb. Roedd y rhoces a'i chyfeillion wedi dod allan o'r Dic Penderyn i weld beth oedd yr holl dwrw; roedd ei breichiau wedi'u plethu a golwg o benbleth ar ei hwyneb. Er mor annhebygol, roedd hi'n bendant mai hi oedd hi. Roedd ganddi'r un wên gam â hithau a Ffion, a'r un cyrls cochion â'i brodyr. Ond yn fwy na hynny, roedd yna rywbeth cynnes yn ei llygaid. Hi oedd hi; y rhoces fach; y chwaer fawr.

\* \* \*

Roedd Dan a Ffion yn awyddus i droi am adref i wylio'r pêl-droed ar y teledu ond llwyddodd i'w darbwyllo bod angen dathlu digwyddiad mor bwysig a hanesyddol. Ceisiodd Dan ei pherswadio i fynd i dŷ tafarn traddodiadol, annibynnol yn y dref, ond gwnaeth hi ryw esgus tila ei bod hi eisiau rhoi cynnig ar ryw jin newydd yr oedd hi wedi'i weld yn y Dic Penderyn. Roedd golwg wedi drysu'n llwyr ar Dan; fyddai hi byth yn mynd ar gyfyl tafarn Wetherspoon fel arfer.

Camodd y tri i mewn i'r dafarn. Roedd hi'n ceisio peidio â'i gwneud hi'n amlwg ei bod hi'n chwilio'r dyrfa'n lloerig. Doedd hi ddim eisiau ei cholli hi eto; ddim ar ôl aros amdani cyhyd. Roedd y lle'n fôr o faneri, crysau cochion a hetiau bwced, felly roedd hi'n haws na'r disgwyl dod o hyd iddi'n eistedd gyda chriw o ferched eraill yn y gornel bellaf. Ochneidiodd â rhyddhad.

Gorchmynnodd Dan a Ffion i fynd i fachu bord, ac anelodd am y bar. Archebodd ddiodydd, gan gofio gofyn am jin a tonic iddi hi ei hun. Roedd rhyw drydan yn rhedeg drwyddi. Efallai mai dyma ddechrau rhyw bennod newydd gyda'r chwaer y bu'n dyheu amdani erioed. Roedd hi'n agos iawn at ei brodyr, yn enwedig ers iddyn nhw golli eu tad, ond bu wastad yn genfigennus o'i ffrindiau a oedd â chwiorydd i rannu dillad a chyfrinachau â nhw. Gosododd y barman y diodydd ar y bar a syllodd hi ar ddiferion yn llithro'n boenus o araf i lawr y gwydraid o sudd oren i Ffion.

Dyna fyddai ei thad yn ei chael iddi hi yn y Cambrian ers talwm. Unrhyw dro y byddai hi'n honni ei bod hi'n dost neu pe bai'n ddiwrnod hyfforddiant athrawon, byddai ei thad yn mynd â hi gyda fe i'r Cambrian yn lle mynd i'r ysgol. Byddai'n cael ei sodro yng nghornel y dafarn gyda sudd oren, creision a chyflenwad o arian mân ar gyfer y *juke box*. Treuliai brynhawniau cyfan yn dal pen rheswm gyda dynion y mwg. Pan oedd hi'n fach iawn, roedd hi'n meddwl mai hi oedd y plentyn mwyaf lwcus yn y byd i gael camu i fyd dirgel yr oedolion. Wrth iddi dyfu, collodd y profiad ei sglein gan y byddai'n rhaid iddi lusgo ei thad lan y rhiw sha thre i gael te. A chywilyddio pan fyddai hi'n taro ar ei ffrindiau, a'i thad yn cynnig sigaréts iddyn nhw a hwythau'n pwffian chwerthin. Yn y pen draw, ymddieithrio wnaeth hi a'i thad. Dwysáu wnaeth ei broblemau e a chafodd hi ei swyno gan orwelion ehangach na'r Cambrian Inn.

Cymerodd lymaid o'r jin gan geisio cuddio ei nerfusrwydd, a thincial yr iâ yn y gwydr yn ei bradychu. Gafaelodd yn y diodydd a mynd â nhw at y ford. Tynhaodd ei brest wrth weld lle roedden nhw wedi dewis eistedd a gyda phwy roedden nhw'n siarad.

"*It means we don't want Wales to be a part of Great Britain anymore.*"

Mae'n amlwg nad oedd gan y rhoces fawr o feddwl o'r hyn yr oedd Dan yn ei ddweud. Wnaeth hi ddim ymateb i'w esboniad, dim ond gwenu'n anghyfforddus a throi yn ôl at ei ffrindiau. Roedd hi'n siŵr ei bod wedi ei gweld hi'n rholio'i llygaid. Wrth iddi droi a chymryd llymaid o'i pheint, datgelwyd cip ar datŵ wrth ymyl ei phenelin. Roedd yn datŵ enfawr a chywrain, ac er bod yr inc wedi pylu, roedd ei neges yn glir ac roedd fel gwayw i'r stumog. Jac yr Undeb anferth wedi'i lapio o amgylch llewes, uwchben sgrôl gyda ryw arwyddair Lladin arni: *Suaviter in Modo, Foriter in Re.*

Aeth Ffion a Dan ymlaen i barablu am rygbi neu ryw ffilm neu rywbeth neu'i gilydd, ond doedd hi ddim yn gwrando arnyn nhw; roedd hi'n dal i'w hastudio hi'n fanwl.

Oedd, roedd ganddi wên gam yn debyg iddi hi a Ffion, ond o edrych eilwaith roedd gan hon wefusau siâp bwa, nid gwefusau trwm Ffion a hithau. Ac oedd, roedd ganddi gyrls tyn ei brodyr, ond nawr, yng ngolau gwan y dafarn, roedd y lliw ychydig yn wahanol i'r hyn welodd hi ar y sgwâr; rhyw goch cnau castan oedd gwallt ei brodyr ond roedd ei chyrls hi'n fwy copor, ac o feddwl, efallai'n edrych fel lliw potel.

Gwrandawodd arni'n clebran a chwerthin ei hochor hi gyda'i ffrindiau. Dechreuodd y rhoces ryddhau hyrddiau o beswch poerllyd a chwerthin aflafar am yn ail. Aeth y sŵn yn uwch ac yn uwch, gan foddi sgwrs Dan a Ffion yn llwyr. Dechreuodd hi simsanu. Doedd hi ddim eisiau bod yno. Rhoddodd glec i'r jin, a throi at Dan a Ffion; "Dewch. Awn ni."

"Blincin 'ec Mam, gwna dy feddwl lan. Ti'n gorffen y peint 'na Dad?"

"Nagw bach, fi 'di ca'l digon."

Wrth godi ac anelu am y drws, rhoes Ffion rywbeth yn ei llaw a chau ei bysedd drosti.

"'Co ti, Mam. Un ola' fi. *Faves* ni."

Gwenodd ar ei merch yn ddiolchgar a thaflu'r gwm cnoi i'w cheg. Roedd y blas yn felys a chyfarwydd. Camodd y tri i'r awyr iach ac ymuno â'r dorf goch a oedd wedi dechrau ymwasgaru o'r sgwâr i lawr y Stryd y Castell i gyfeiriad yr afon. Ochneidiodd hi a datgan i'r ddau bob ochr iddi,

"Dewch deulu bach, awn ni ffor' 'yn."

# CAPEL BETHANIA, ABERFAN

Dewch i mewn. Eisteddwch, eisteddwch. Gadewch i fi wneud dished i chi. Dylen i fod wedi dod draw yn gynt i danio'r boiler cyn ichi gyrradd. Wnaiff hi ddechre twymo 'ma nawr. Hen le bach oer yw'r festri 'ma. Symudwch draw at y *radiator*. Siwd ych chi'n cymryd eich te? Llath? Siwgir? Fi'n siŵr bod paced o fisgedi yn un o'r cypyrdde 'ma yn rhywle. Reit, ocê 'te, wel, ble hoffech chi ddechre? Nagw i'n siŵr pa mor ddiddorol fydd fy hanes i cofiwch.

\* \* \*

Wel, o'n i yn y Coleg Normal ym Mangor pan weles i'r hysbyseb yn y *Western Mail*. O'n nhw'n whilo am athrawon o'dd yn siarad Cymrâg i fod yn y *pool* cyflenwi ym Merthyr Tudful. Ysgrifennes i atyn nhw a ges i wahoddiad i gyfweliad. O'n i'n ugen o'd.

O'n i erioed wedi bod i Ferthyr o'r blân. O'dd dim car 'da Mami a Dadi, felly o'dd rhaid i fi ddala bỳs o Lanllwch i Gyfyrddin ac wedyn bỳs arall o Gyfyrddin i Abertawe, ac un arall wedyn o Abertawe i Ferthyr. Wy'n cofio'n gwmws beth o'n i'n gwishgo. O'n i wedi prynu *two-piece* glas tywyll i'n hunan yn T.P. Hughes, a 'di ca'l mintyg broetsh wrth Mami.

Wedi i fi ddod off y bỳs ym Merthyr, gofynnes i ŵr o'dd yn pasio, yn fy Sisneg gore,

"Excuse me, can you tell me the way to the Education Offices? Pontmorlais Road?"

O'dd e ddim yn siŵr ond cynigodd e ateb ta beth.

O'dd hi'n ddiwrnod clòs ac o'n i'n whisi. Ar y ffordd lan yr High Street ddigwyddes i weld criw o ferched, tua'r un oed â fi, yn dod mas o'r Queen's Café. Sylwes i fod pob un ohonyn nhw'n gwishgo sgarffie Coleg y Drindod. O am ryddhad! Meddylies i'n hunan: ma'n rhaid bo rhein yn mynd i'r un lle â fi, felly penderfynes i eu dilyn nhw.

O'dd 'da un ohonyn nhw fag ysgol lliw tan o'dd yn cadw slipo lawr ei hysgwydd hi wrth gerdded. O'n i'n trial pido dangos bo fi'n dilyn nhw. Gerddes i tua deg llath tu ôl iddyn nhw'r holl ffordd lan i'r Swyddfeydd Addysg ym Mhont-morlais.

Mae'r adeilad yn dal i sefyll. Rhyw adfail cyfarwydd yw e i fi erbyn hyn, ond o'dd e'n olygfa frawychus i ferch ffarm ugen o'd; cawr o adeilad gyda brics teracota coch a melyn a bwa mawr crand dros y drws ffrynt.

Wedi inni gyflwyno'n hunen i'r ysgrifenyddes fach wrth y *reception*, geson ni'n hebrwng i ishte yn y coridor. Tic toc y cloc mawr ar ben y coridor o'dd yr unig sŵn. Do'dd dim un o'n ni'n mentro siarad, dim ond gwenu'n gynnes ar ein gilydd gore gallen ni wrth inni ga'l ein galw fesul un. Fi o'dd yr ola' i fynd mewn, a 'wedodd y clerc bach dymunol dan wenu *"Gallwch chi wilia Sisneg neu Cymrêg, byddan nhw ddim yn eich deall chi 'ta beth!"*

Des i drwy'r cyfweliad rywsut. Duw a ŵyr beth wedes i a nagw i'n cofio os wnes i siarad Cymrâg neu Sisneg, ond wy yn cofio ar y diwedd ces i wahoddiad i fynd am ddished gyda'r criw o'r Drindod. O'dd tair ohonyn nhw ac un ohonyn nhw o'dd Gwyneth. Merch ffarm o'dd hi hefyd; llyged mowr tywyll a wyneb caredig. O'dd tad Gwyneth wedi dod â hi'r holl ffordd o Aberteifi ac yn mynd â hi 'nôl y prynhawn hwnnw, felly gynigodd hi lifft 'nôl i Gyfyrddin i fi 'ware teg. Siaradon ni bwll y môr yr holl ffordd sha thre. Ac a bod yn onest, smo ni 'di stopo ers 'ny.

Wrth gwrs, geson ni'n dwy swyddi fel athrawon cyflenwi gyda'r shir. O'dd pump ohonon ni i gyd. Fi, y tair o'r Drindod, ac Anne o'dd yn dod o Borthmadog. Ar y dechre o'n ni'n dwy yn byw mewn gwahanol digs ym Merthyr. Finne'n byw ym Mhen-y-darren gyda Mrs Evans, a Gwyneth yn byw yn Foundry Place. Ond ar ôl rhyw 'whech mish, geson ni'n pump fflat gyda'n gilydd ym mhentre Troed-y-rhiw. O, ac alla i ddim gweud 'tho chi pa mor felys yw'r atgofion sy 'da fi o'r cyfnod 'ny. O'n ni mor ddiniwed. Geson ni lot o sbort.

\* \* \*

Wel, i ddechre o'n i yn Ysgol Goetre. O o'dd y plant yn gymeriade! Alla i weld 'y nosbarth cynta i nawr. Gofynnes i i'r dosbarth, "Does anybody speak Welsh?" A dyma Michael

Bishop, crwtyn â gwallt coch a boche cochach, yn codi ar ei drâd ac yn datgan, "My mother does. She says to me, 'Cau dy geg'!"

Ma' 'da fi atgof clir o'r stafell athrawon. Ystafell fach o'dd hi ond o'dd lle tân mawr yn y gornel. A bydde'r dynon yn dodi glo ar y tân bob hyn a hyn i gadw fe i fynd.

Mr John Tillman oedd y prifathro. Dyn urddasol o'dd Mr Tillman; dyn o'ch chi'n gallu edrych lan ato fe.

Bues i'n gweithio 'na am sbel fach, ond symudes i rownd sawl ysgol yn y shir cyn i fi ga'l y plant; Afon Taf, Heolgerrig, a Phant-glas. Bues i'n gweithio fan'na am gyfnod ac o'n i'n nabod lot o'r plant bach 'na.

\* \* \*

Cymdeithasu? Wel, fi'n gwbod bod hi'n anodd dychmygu nawr ond o'dd gyment o Gymrâg o gwmpas Merthyr ddechre'r chwedege. O'dd 'da Merthyr a Dowlais gangen o'r Cymreigyddion a'r Cymrodorion cofiwch! A chi'n gwbod, y capeli o'dd canolbwynt popeth. Allech chi byth ddychmygu siwd beth nawr.

Felly, bydde Gwyneth a fi'n mynd i'r Cymreigyddion bob wythnos, yn y capel bach tu ôl i'r Redhouse. Bydde'r gymdeithas yn trefnu pob mathe o bethe, sgetsys, noson lawen, eisteddfode. Fel'na dethon ni i nabod lot o Gymry Cymrâg Merthyr. A bob mish bydde'r Gymdeithas Athrawon Cymrâg yn cwrdd ym Mhontypridd.

\* \* \*

Yn yr YMCA o'n ni, reit yn ganol y dre. Criw hyfryd o athrawon ifenc wedi dod o bob cwr o'r wlad i'r cymoedd i ga'l gwaith. O! O'dd e'n sbort. Wrth gwrs o'dd dim car 'da dim un ohonon ni ferched Merthyr ond bydden ni'n ca'l lifft gartre o Bontypridd gydag un o'r bois. Ond pan gwrddes i â Bob o'dd e ddim wir yn lico bo fi'n ca'l lifft 'da nhw, ond o'n i'n dal i fynd cofiwch. Bob wythnos, hyd yn oed pan o'dd y plant yn fach.

* * *

Sut gwrddon ni? Wel, gwrddes i â Bob ar y bỳs i'r ysgol; finne'n dysgu yn Ysgol Goetre a fynte yn Ysgol Gelli-faelog. Do'dd e ddim yn siarad Cymrâg, er o'dd e'n deall lot. O'n i'n dala'r bys o Droed-y-rhiw i Ferthyr a bydde fe'n dod mlân wrth y Chocolate Box; yr Eglwys Gatholig yw hwnna. Fi'n cofio fe'n 'wherthin ar 'yn acen Sisneg i. Y tro cynta i ni fynd mas da'n gilydd, ethon ni i'r Picture Palace i weld *North by Northwest*. O'dd Mrs Evans wrth ei bodd pan ysgrifennes i ati i weud bo fi'n caru. O'dd hi wedi bod yn trial ffindo bachan i fi ers ifi gyrradd Merthyr! A wir i chi, do'dd dim diddordeb 'da fi o gwbl mewn caru cyn ifi gwrdd â Bob. O'dd e'n fachan glân ma' rhaid ifi weud. Ac yn lico tynnu côs.

* * *

Beth arall bydden ni'n neud gwedwch? Bydden ni'n mynd i gerdded lot, lawr ar hyd y gamlas, draw i Eglwysilan ac i Lanwynno, llefydd fel'na. O, dyddie da. Bydden ni'n cerdded milltiroedd ac yn siarad pwll y môr yr holl ffordd.

A briodon ni wedyn 'ny yn 1962, 'nôl yn Gyfyrddin wrth gwrs. Priodas fach o'dd hi, o'n i ddim moyn ffŷs. A cheson ni dŷ bach wedyn yn Bethesda Street, un o hen dai Crawshay ar bwys Castell Cyfarthfa. *Two up, two down* gyda dim *wash up. 3 and 4 a week* o'n ni'n talu i rentu ond 'nethon ni'n gore i roi ein stamp ni arno fe. Brynodd Mami a Dadi soffa a bobo gader i ni; *cottage suite* o'n nhw'n galw nhw. Rhai a fydde'n ddigon bach i ffito yn y tŷ. A beintion ni lawr llawr yn felyn llachar. O'dd dim lot 'da ni ond o'n i'n ddigon hapus.

Ac wedyn geson ni Alun yn 1964. O'dd hi'n anodd cofiwch. Wrth gwrs o'n i wedi arfer gyda plant, ond dim babanod bach, dim ond ŵyn bach ar y ffarm! Nago'dd Mami a Dadi'n byw yn agos i allu helpu, ac o'dd arian yn brin. O'dd lot o siope ar hyd Brecon Road bryd hynny – bwtsier, groser, a bydden ni'n talu am bopeth *ar account*. Ac ar y dechre, pan o'dd popeth yn newydd, o'n i'n teimlo'n itha unig. Ond bydden i'n cerdded draw i'r parc bob dydd, a des i gwrdd â'r mame newydd erill i gyd yn y diwedd. Ac o'dd hwnna'n helpu. Y pram yn fowr a'r babi'n fach!

\* \* \*

1965. 'Na pryd symudon ni o Bethesda Street i Droed-y-rhiw. O'n i ffaelu credu faint mwy o le o'dd 'da ni. O'dd e'n twmlo fel palas! Wy'n cofio'n glir, y peth cynta wna'th Alun o'dd cripad mas y bac i'r ardd ac i'r *coal bunker* tu draw. O'dd e'n ddu fel yr 'ewl. A brynodd Bob gar – wel fi'n gweud car, o'dd e'n fwy fel bocs o boms!

\* \* \*

A'th Gwyneth i fyw yn Nelson ar ôl priodi Tom. A buodd hi'n gweithio lawr fan'na nes bod hi'n ca'l y plant. Ond o'n i'n dal i weld ein gilydd bob wythnos ym Mhontypridd wrth gwrs. A bydde hi'n dod lan i Ferthyr i siopa yn Finefair a'r Welsh Dairy.

\* \* \*

Wel do, fan'na sefon ni wedyn. O'dd pobol Troed-y-rhiw, yn enwedig Mr a Mrs Jones, o'dd yn cadw'r siop ddillad yng nghanol y pentre, wrth eu bodde bod fi wedi 'dod 'nôl' i'r pentre. Er o'dd lot llai o Gymrâg 'na nag ym Merthyr, a'r rhai o'dd yn siarad Cymrâg yn becso bod eu Cymrâg nhw ddim ddigon da. O'dd ddim yn wir o gwbl wrth gwrs.

O'dd y papur wal pan symudon ni mewn yn salw, salw – alla i weld e nawr – papur du a blode melyn. Ar ôl rhyw flwyddyn o fyw 'da fe, wedes i wrth Bob bo fi wedi ca'l llond bola o'r papur, o'dd e'n hala cryd arna i. A trodd e ata i – o'dd e'n amlwg bod e wedi bod yn ofni'r diwrnod 'ma – a gweud, "I'll make the food, you do the papering."

O'dd Bob yn bartners mowr 'da Dai Beynon. Chi 'di clywed amdano fe do? Dirprwy Brifathro o'dd e yn Ysgol Pant-glas. Dim ond ers rhyw 'wech wythnos o'dd e wedi bod yn gweithio 'na.

Wna i byth anghofio, rhyw ddeuddydd cyn iddo fe ddigwydd, o'n i'n sgrwbo'r stepen drws a'r pafin tu fas y tŷ a dyma Mr Beynon yn cerdded heibio. O'n i ddim yn gwitho ar y pryd achos o'dd Alun yn fach 'da fi. Wrth frasgamu heibio sha'r ysgol, dyma fe'n gweiddi arna i o ochor arall yr hewl, "Pryd ydych chi'n dod yn ôl i'r ysgol? Dewch â'r bachgen gyda chi!"

A 'na'r tro dwetha weles i fe. Pan ffindon nhw fe, o'dd e'n citsho'n dynn mewn pum plentyn, ei freichie amdanyn nhw i gyd, yn trial eu gwarchod nhw.

\* \* \*

O's ots 'da chi os wnewn ni bennu fan'na am heddi?

# DIOLCHIADAU

I'r Eisteddfod Genedlaethol ac Ysgoloriaeth Fentora Emyr Feddyg a'm galluogodd i ddatblygu'r gyfrol. Diolch i'r beirniad, Menna Elfyn am ei hanogaeth, ac i Lleucu Roberts am ei hynawsedd a'i sylwadau gwerthfawr.

I Nerys Wyn Davies am ddarllen drafft cynnar o'r gwaith ac am fy annog i ddal ati, ac i gylchgrawn Cara am gyhoeddi fersiwn byr o'r stori 'Lido'.

I gyfeillion a chydnabod sydd wedi fy ysbrydoli, chi'n gwybod pwy ydych chi.

I Eiry Miles ac Alaw Mai Edwards am eu llygaid craff a'u hawgrymiadau defnyddiol, i Dafydd Owain am gysodi mor gymen, ac yn benodol i Mari Emlyn a Gwasg y Bwthyn am eu gofal a'u brwdfrydedd.

I Gyngor Llyfrau Cymru am gymorth ariannol i gyhoeddi'r gyfrol ac i Becky Davies am y clawr a'r lluniau ardderchog.

I Llion, Joseff a Bedwyr am bopeth.

## CEFNOGWCH EICH SIOP LYFRAU LEOL

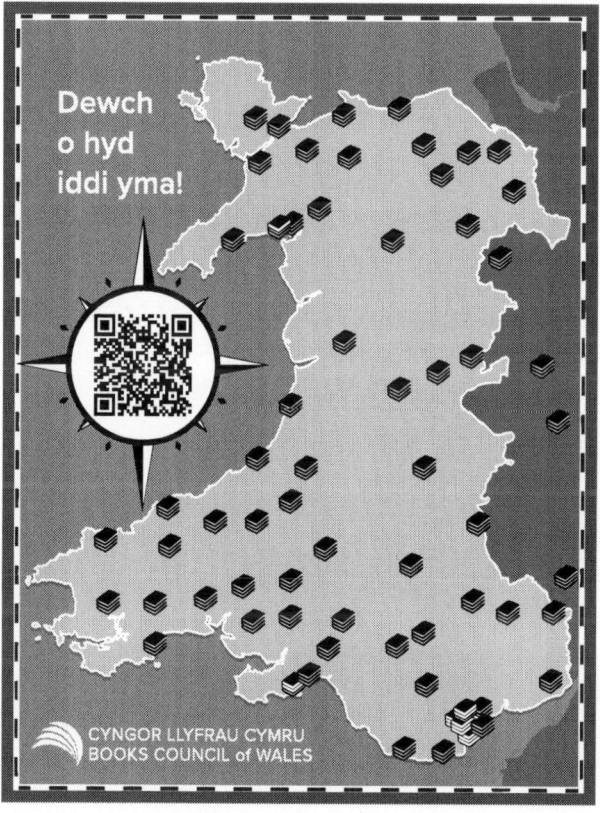